# AMOUR ALLEMAND

Coulommiers. — Typ. de A. MOUSSIN.

# AMOUR
# ALLEMAND

SOUVENIRS RECUEILLIS DANS LES NOTES D'UN ÉTRANGER

PRÉCÉDÉS D'UNE PRÉFACE

PAR

## MAX MÜLLER

TRADUIT DE L'ALLEMAND SUR LA TROISIÈME ÉDITION

# PARIS
## LIBRAIRIE GERMER BAILLIÈRE
17, RUE DE L'ÉCOLE-DE-MÉDECINE

1873

# NOTE DU TRADUCTEUR

———

Nous avions entrepris cette traduction, sur le
conseil du savant et lettré M. Emile Verdet. Longtemps abandonnée, elle allait être enfin reprise et ter-
minée, quand les événements sont venus retarder
sa publication et la rendre, peut-être, plus difficile.

Une seconde édition de « Deutsche Liebe » avait
déjà paru en 1866, augmentée d'une préface par
l'illustre philologue d'Oxford, M. Max Müller, et,
pendant la dernière guerre, une troisième édition,
suivie de la traduction allemande des poésies d'Ar-

nold, de Wordsworth et de Michel-Ange, citées
dans l'ouvrage, témoignait du succès obtenu, au delà
du Rhin, par ces « Souvenirs d'un étranger. »

Nous avons profité de ces deux éditions. Si cette
traduction rencontre, malgré la difficulté des temps,
quelque faveur, elle le devra aux deux noms, si
diversement célèbres, sous le patronage desquels
nous la plaçons : Emile Verdet, Max Müller.

A. P.

# PRÉFACE

———

Qui ne s'est jamais assis à la table de travail où naguère encore s'asseyait un ami, aujourd'hui couché dans la tombe? Qui n'a jamais ouvert ces tiroirs, qui, pendant de longues années, ont conservé les souvenirs d'un cœur, aujourd'hui endormi dans la sainte paix de la dernière demeure? Là sont les lettres, qui lui étaient si chères, à ce cher ami; là les cahiers, les gravures, les livres annotés à chaque page. Qui peut désormais lire ces notes et les comprendre? Qui peut rassembler les feuilles fanées et flétries de cette rose, la ranimer, lui donner un nouveau parfum? Le feu, qui, chez les Grecs, recevait, pour les consumer, les restes des morts, le feu, dans lequel les anciens jetaient tout ce que les vivants avaient le plus aimé, est maintenant encore le plus sûr dépositaire de ces reliques. L'ami abandonné parcourt discrètement, en tremblant, ces pages que seuls avaient vues des yeux aujourd'hui fermés pour toujours, et lorsque d'un regard rapide, lisant à peine, il s'est assuré que ces pages, que ces lettres ne contiennent rien d'*important*, comme disent les hommes, il les jette à la hâte sur les charbons allumés...... les flammes jaillissent et tout disparaît.

Les pages qui suivent ont été sauvées de ces flammes. Elles étaient destinées d'abord aux seuls amis du mort; mais en des étrangers aussi elles ont trouvé

des amis, et il faut qu'elles retournent à des étrangers !
L'éditeur en eût volontiers publié davantage ; mais
les autres feuilles sont inachevées, sans suite, et il a
été impossible de les réunir et d'en former un tout.

Oxford, Janvier 1866.

Max Müller.

# AMOUR ALLEMAND

## PREMIER SOUVENIR

L'enfance a ses secrets et ses prodiges — mais qui peut les dire, les expliquer? Nous avons tous traversé cette forêt merveilleuse et paisible; nous avons tous un jour ouvert les yeux dans un heureux étourdissement : la belle réalité de la vie inondait alors notre âme; nous ne savions pas où nous étions, qui nous étions — le monde entier était à nous et nous appartenions au monde entier. C'était une vie éternelle — sans commencement et sans fin, sans interruption, sans douleur. Notre cœur était pur comme un ciel de printemps, frais comme le parfum de la violette, calme et saint comme une matinée de dimanche.

Qui donc a troublé cette paix divine de l'enfant? Comment cet être innocent, inconscient, peut-il jamais finir? Qui nous ravit le bonheur d'être seul à la fois et d'être à tous, pour nous laisser ainsi sans guide, sans ami, dans l'obscurité de la vie?

Ne dites pas, d'un ton sévère, que c'est le péché! Un enfant peut-il déjà pécher? Dites plutôt que nous ne le savons pas; il faut le reconnaître.

Est-ce le péché qui fait du bouton une fleur, de la fleur un fruit et du fruit de la poussière?

Est-ce le péché qui métamorphose la chenille en chrysalide, la chrysalide en papillon et le papillon en poussière?

Est-ce le péché qui change l'enfant en homme, l'homme en vieillard et le vieillard en poussière? — et qu'est-ce que la poussière?

Dites plutôt que nous ne le savons pas; il faut nous rendre.

Il est doux cependant de revenir par la pensée au

printemps de la vie, de remonter dans le passé — de *se souvenir*. Même dans l'été brûlant, dans le triste automne, dans l'hiver glacé de la vie, un jour de printemps brille çà et là, et le cœur se dit : « je me sens comme au printemps ! » C'est l'émotion que j'éprouve aujourd'hui : dans une forêt toute pleine de senteurs, couché sur la mousse, je repose mes membres fatigués, je regarde à travers le sombre feuillage l'azur infini du ciel et je cherche à ressaisir les premières impressions de mon enfance.

D'abord tout paraît oublié — la mémoire est comme une vieille bible de famille : les premières pages sont effacées, usées, maculées; plus loin, vers le chapitre dans lequel Adam et Ève sont chassés du paradis terrestre, elles sont déjà plus propres et plus lisibles. Si du moins nous pouvions retrouver le frontispice, avec le lieu et la date de l'impression ! Mais il est perdu et nous n'avons pour le remplacer qu'un acte en bonne forme, — notre acte de baptême ; — nous y lisons la date de notre naissance, le nom de nos parents, ceux de notre parrain et de notre marraine, ce qu'il faut enfin pour croire que nous ne sommes cependant pas des éditions *sine loco et anno.*

Mais le commencement? — N'y aurait-il donc pas de commencement, car c'est vers le commencement que cesse toute pensée et que tout souvenir s'arrête! Et si nous rêvons ainsi de l'enfance et de l'enfance à l'infini, le maudit commencement semble reculer toujours, et la pensée le poursuit sans pouvoir jamais l'atteindre, — comme l'enfant qui veut voir l'endroit où le bleu du ciel touche la terre : il court, il court, et le ciel court toujours devant lui et toujours touche la terre à l'horizon, — l'enfant se fatigue sans arriver jamais.

Mais que savons-nous donc, même quand nous parvenons à nous rappeler la première apparition de notre conscience? Le souvenir ressemble alors à un caniche, qui sort de l'eau et, les yeux encore noyés, se secoue d'un air si drôle.

Je crois me rappeler cependant le jour où je regardai les étoiles pour la première fois. Je les avais vues peut-être plusieurs fois auparavant; mais un soir, quoique je fusse couché dans les bras de ma mère, il me sembla qu'il faisait froid ; j'étais inquiet, je tremblais, j'avais peur, enfin il se passait en moi quelque chose qui rendait ma petite personne plus réfléchie que de coutume. Ma mère alors me montra les étoiles qui brillaient au ciel : je les regardai avec étonnement, l'idée me vint que ces jolies étoiles étaient l'ouvrage de ma mère ; je me sentis ensuite réchauffé et sans doute je m'endormis.

Je me souviens encore d'une autre impression : j'étais couché sur l'herbe, et, autour de moi, tout s'agitait, dansait et bourdonnait ; il vint un essaim de petits êtres ailés qui se posèrent, en me disant bonjour, sur mon front, sur mes yeux ; mais les yeux me firent mal et j'appelai ma mère : « Pauvre en-« fänt, dit-elle, en me prenant dans ses bras, comme « les abeilles l'ont piqué ! » Je ne pouvais plus ouvrir les yeux, ni voir le bleu du ciel ; mais ma mère avait à la main un bouquet de violettes fraîches, et je sentis comme un parfum bleu-foncé, d'une délicieuse fraîcheur. — Encore aujourd'hui, quand je trouve les premières violettes, il me semble que je

dois fermer les yeux pour revoir le ciel bleu-foncé de
ces premiers jours.

Plus tard, je me le rappelle encore, un monde
nouveau m'apparut, plus beau que le ciel étoilé,
plus doux que le parfum des violettes. C'était le matin, le jour de Pâques; ma mère m'avait éveillé de
bonne heure. Devant la fenêtre se dressait notre
vieille église; elle n'était pas belle, mais elle avait
un toit élevé, une haute tour surmontée d'une croix
dorée, et elle semblait beaucoup plus vieille, elle
était plus noire que les autres maisons. Une fois,
j'avais voulu savoir qui l'habitait, et j'avais regardé
à travers la grille de fer; mais l'intérieur était vide,
froid et lugubre; pas une seule âme dans toute la
maison! Depuis, je n'avais jamais passé devant la
porte sans frissonner. Le jour de Pâques, il avait plu
le matin, le soleil s'était ensuite levé dans toute sa
splendeur, et la vieille église, avec son toit d'ardoi-
ses grisâtres et ses hautes fenêtres, la tour et la croix
d'or brillaient d'un éclat tout merveilleux. Bientôt
la lumière, qui passait à travers les hautes fenêtres,
parut s'animer et se mouvoir, mais elle était trop

vive pour qu'il me fût possible de la regarder plus longtemps; je fermai les yeux, sans cesser de la voir et il me sembla que tout n'était au dedans de moi que lumière, parfums et chants joyeux.

Ce fut comme si une nouvelle vie commençait pour moi : j'étais devenu un autre homme. J'interrogeai ma mère : « C'est le chant de Pâques, me dit-elle; on chante à l'église. » Quelle joyeuse, quelle pieuse hymne c'était! j'en étais ému jusqu'au fond du cœur. Jamais je n'ai pu la retrouver. C'était sans doute un de ces vieux cantiques, qui attendrirent si souvent l'âme rigide de notre vénérable Luther. Je ne l'ai jamais entendu depuis; mais, maintenant encore, si j'entends un adagio de Beethoven, un psaume de Marcello, ou un chœur de Hændel, ou même une simple chanson dans les hautes montagnes de l'Ecosse ou du Tyrol, il me semble que les fenêtres de l'église brillent encore devant moi, j'entends les murmures de l'orgue, et un monde nouveau m'apparaît, plus beau que le ciel étoilé, plus doux que le parfum des violettes.

Voilà ce que j'ai pu retenir de ma première en-

fance : parmi ces souvenirs se présente la figure
chérie de ma mère, le regard doux et sérieux de mon
père, et aussi, dans ce lointain, je revois des jardins,
des berceaux de pampres, un tapis de gazon ver-
doyant, un vieux livre d'images vénérables : c'est là
tout ce que je puis encore reconnaître sur les premiers feuillets pâlis de ma mémoire.

Mais depuis tout devient plus clair et plus distinct;
des noms et des figures nouvelles apparaissent : ce
n'est plus seulement mon père ou ma mère, mais ce
sont des frères et des sœurs, des amis, des maîtres
et une foule d'*étrangers*! Ah! oui, des *étrangers*,—
il y en a beaucoup d'inscrits dans le livre des souvenirs!

## DEUXIÈME SOUVENIR

---

Non loin de notre maison et en face de la vieille église à croix d'or, il y avait un grand édifice, encore plus grand que l'église et flanqué de nombreuses tours. Ces tours étaient vieilles et noircies par le temps, mais elles n'étaient pas surmontées d'une croix; elles étaient couronnées de créneaux, et sur la plus haute d'entre elles, un drapeau bleu et blanc flottait, juste au-dessus de la grande porte. On arrivait à cette porte par un escalier, devant lequel deux soldats à cheval montaient la garde. Cette maison avait beaucoup de fenêtres, où l'on voyait des rideaux de soie rouge avec des franges d'or. Dans

la cour, de vieux tilleuls plantés en cercle, ombra-
geaient pendant l'été la muraille grise de leur vert
feuillage et laissaient tomber sur le gazon leurs fleurs
blanches et parfumées. J'avais souvent regardé de ce
côté, et le soir, lorsque les tilleuls exhalaient leur
parfum, lorsque les fenêtres étaient éclairées, je
voyais beaucoup de figures aller et venir comme des
ombres ; la musique se faisait entendre, et au bas
du perron s'arrêtaient des voitures d'où descendaient,
pour monter au château, des hommes et des femmes.
Ils me paraissaient tous beaux et pleins de bonté ;
les hommes avaient des étoiles sur la poitrine, et les
femmes des fleurs fraîches dans les cheveux. Je m'é-
tais demandé plusieurs fois pourquoi je n'allais pas
avec eux.

Un jour enfin, mon père me prit par la main et
me dit : « Viens, nous allons au château. Tu seras
bien sage ; si la princesse te parle, tu lui baiseras la
main. » J'avais six ans : j'éprouvai tout le plaisir
que peut éprouver un enfant de cet âge. J'avais déjà
fait bien des réflexions sur les ombres que j'avais
aperçues le soir à la clarté des fenêtres ; j'avais en-

tendu parler à la maison du prince et de la princesse, on m'en avait toujours dit beaucoup de bien ; je savais qu'ils étaient généreux, qu'ils portaient aux pauvres et aux malades des secours et des consolations, enfin qu'ils avaient été choisis, par la grâce de Dieu, pour protéger les bons et punir les méchants. Aussi je me représentais très-bien, à ma manière, tout ce qui se passait au château ; et le prince, la princesse étaient déjà pour moi de vieilles connaissances, tout aussi familières que mon casse-noisette ou mes soldats de plomb.

Le cœur me battait cependant, lorsque je montai au perron avec mon père : il me répétait encore ses recommandations, il me rappelait encore qu'il fallait dire Altesse, en s'adressant à la princesse, au prince, lorsque la porte s'ouvrit à deux battants. Je vis devant moi une femme de haute taille, au regard pénétrant ; il me sembla qu'elle s'approchait de moi et me tendait la main, il me sembla aussi que je connaissais déjà ces traits, que j'avais déjà vu ce sourire ; il me fut alors impossible de me contenir davantage, et tandis que mon père s'arrêtait sur le seuil et

2

s'inclinait en faisant un profond salut, je me jetai
dans les bras de la grande dame et je l'embrassai,
comme j'aurais embrassé ma mère. Elle se mit à
rire et me caressa doucement les cheveux ; mais mon
père me prit vivement par la main et me tira brus-
quement en arrière, en me disant que j'étais un sot
et qu'il ne me ramènerait jamais plus. La rougeur
me monta au front ; je trouvais que mon père m'in-
fligeait un affront immérité. Je pensai que la princesse me défendrait ; je la regardai, mais son visage
avait repris son expression ordinaire de douce sévé-
rité. Je me tournai vers les invités, qui étaient réunis
dans le salon ; je croyais qu'ils prendraient mon
parti : ils riaient. Les larmes, cette fois, me vinrent
aux yeux ; je franchis de nouveau le seuil, je descen-
dis l'escalier, je me sauvai à travers la cour du château et je courus jusqu'à la maison, où je me jetai
en pleurant, en sanglotant, dans les bras de ma
mère : « Qu'est-il donc arrivé ? me dit-elle, pourquoi
pleures-tu ? » — « Ah ! ma mère, la princesse m'a
paru si bonne, elle était si belle, elle te ressemblait
si bien, que je n'ai pu m'empêcher, en arrivant chez

elle, de me jeter dans ses bras et de l'embrasser. » —
« Tu as eu tort, me dit ma mère ; tu n'aurais pas dû
l'embrasser. Ce sont des étrangers, mon enfant, et
de grands seigneurs. » — « Des étrangers ! M'est-il
donc défendu d'aimer ceux qui me regardent avec
bonté ? » — « Tu peux les aimer, mon fils, mais tu
ne dois pas le leur montrer. » — « C'est donc mal
d'aimer, puisqu'il ne faut pas le montrer. » — « Non,
sans doute, mais tu dois faire maintenant tout ce
que ton père te dit de faire, et, quand tu seras plus
grand, mon enfant, tu comprendras pourquoi il t'est
défendu d'embrasser toutes les femmes qui te regardent avec bonté. »

Ce fut une triste journée. Mon père rentra ; il
soutint que j'étais un enfant mal élevé. Le soir, ma
mère vint me coucher ; je fis ma prière, mais il me
fut impossible de m'endormir. Je me demandais,
avec mille réflexions, quels sont ces étrangers qu'il
est défendu d'aimer. — — —

Pauvre cœur humain ! Tes feuilles sont ainsi frois-
sées dès le printemps, et les plumes de tes ailes sont

arrachées ! A l'aurore de la vie, quand s'ouvre le calice de l'âme, tout, au dedans, respire l'amour. Nous apprenons à nous tenir droits, à marcher, à parler, à lire ; mais personne ne nous apprend à aimer. L'amour nous est naturel, nous appartient, comme la vie ; on dit avec raison qu'il est le fond même de notre être. Comme les corps célestes s'attirent les uns les autres et sont retenus ensemble, dans leur course, par la loi éternelle de l'attraction, les âmes célestes s'inclinent les unes vers les autres, s'attirent et sont retenues ensemble par la loi éternelle de l'amour. Une fleur ne peut pas vivre sans la lumière du soleil, ni un homme sans amour. Le cœur de l'enfant ne se briserait-il pas de douleur, lorsque le premier frisson glacé l'atteint dans ce monde rempli d'étrangers, si de l'œil de sa mère, de l'œil de son père, ne brillait pour lui, comme un doux reflet de la lumière divine, de l'amour divin, un rayon d'amour ? Le sentiment qui s'éveille alors au cœur de l'enfant, c'est l'amour le plus pur et le plus profond, c'est l'amour qui embrase le monde entier, qui brille dans les regards des hommes, qui

éclate dans le son de leur voix. C'est l'amour antique, incommensurable, un abîme sans fond, une
source d'une inépuisable fécondité. Celui qui l'a
éprouvé, sait aussi qu'il n'y a pas de degrés dans
l'amour, pas de plus, pas de moins : celui qui aime
aime de tout son cœur, de toute son âme, de toutes
ses forces, de toute la puissance de son être. Mais,
hélas ! combien il reste peu de cet amour, avant que
nous ayons fait, dans la vie, seulement la moitié du
chemin. L'enfant apprend bientôt qu'il y a des
étrangers : il cesse alors d'être un enfant ; la source
de l'amour commence à baisser, les années achève-
ront de l'épuiser. Nos yeux n'ont plus leur premier
éclat ; nous passons sérieux et tristes, les uns près
des autres, dans des rues bruyantes. Nous saluons à
peine, car nous savons combien il est pénible de voir
nos saluts laissés sans réponse, et plus pénible encore de nous séparer de ceux que nous avons un
fois salués et dont la main a serré la nôtre. Les ailes
de notre âme, une à une, perdent presque toutes
leurs plumes ; les feuilles se fanent, se flétrissent
presque toutes, et dans l'abîme inépuisable de l'a-

mour, il ne reste que quelques gouttes, pour nous
rafraîchir à peine, pour nous empêcher de mourir.
Ces quelques gouttes, nous les appelons encore l'a-
mour, mais ce n'est plus l'amour pur, l'amour plein
et joyeux de l'enfant. C'est un amour de douleur et
d'angoisse, un feu dévorant, une passion terrible,
un amour qui se consume lui-même, comme les
gouttes de pluie sur un sable brûlant, un amour qui
désire et non un amour qui s'abandonne, un amour
qui demande : veux-tu être à moi? et non un amour
qui dit : je dois être à toi. C'est un amour égoïste,
désespéré. Et voilà cependant l'amour que chantent
les poètes, auquel croient les jeunes hommes et les
jeunes filles, un feu qui monte et tombe, qui ne réchauffe pas, qui ne laisse que de la fumée et des
cendres. Nous tous, nous avons cru un jour que ces
lueurs étaient des rayons du soleil éternel ; mais
plus vif en est l'éclat, plus sombre est la nuit qui
succède.

Et alors, quand tout s'obscurcit autour de nous,
quand nous nous trouvons seuls, quand tous les
hommes, à droite et à gauche, poursuivent leur

chemin sans nous connaître, il arrive qu'un sentiment oublié se réveille dans notre cœur; il nous
semble que nous ne l'avions jamais éprouvé, nous
ne pouvons le définir : ce n'est en effet ni l'amour,
ni l'amitié. Ne me reconnais-tu pas? dirait-on volontiers à chacun de ceux qui passent, froids et in-
différents, près de nous. On sent alors combien
l'homme est plus proche de l'homme que le frère
de son frère, le père de son fils, l'ami de son ami,
et alors notre conscience nous murmure, comme
une ancienne et sainte légende, que les étrangers
sont notre prochain. Pourquoi donc marchons-nous
en silence à côté d'eux? — Nous ne le savons pas, il
faut le reconnaître. Quand deux trains de chemin
de fer se croisent, vous entrevoyez un œil ami, qui
veut vous saluer; essayez de tendre la main, de
prendre celle de cet ami qui est emporté comme
par un tourbillon devant vous, essayez-le et vous
comprendrez peut-être pourquoi l'homme, ici-bas,
passe silencieusement devant l'homme. Un ancien
sage a dit : « J'ai vu voguer sur la mer les débris
d'un bateau naufragé : quelques-uns seulement s'é-

taient rencontrés et, pendant quelque temps, ils flottèrent ensemble. Un coup de vent survint, qui les dispersa au levant et au couchant : ils ne se réuniront jamais! Il en est ainsi de l'homme; mais personne n'a vu le grand naufrage. »

## TROISIÈME SOUVENIR

---

Les nuages n'obscurcissent pas longtemps le ciel de l'enfance : ils se résolvent bientôt en une chaude pluie de larmes. Je retournai quelques jours après au château : cette fois, je baisai, comme il le fallait, la main que la princesse me tendit; elle appela ensuite ses enfants, les jeunes princesses, les jeunes princes, et les jeux commencèrent entre nous, comme si nous avions été de vieilles connaissances. C'était un heureux temps, que celui où , après la classe, car je fréquentais déjà l'école, j'allais jouer au château. Tous ce que des enfants peuvent souhaiter, nous l'avions : des jouets, que ma mèrem 'a-

vait fait voir aux vitrines des marchands, mais qui
coûtaient si cher, disait-elle, que leur prix aurait
fait vivre, pendant une semaine, de pauvres gens,
je les trouvais au château, et la princesse me permettait, quand je le lui demandais, de les emporter à la
maison, de les montrer à ma mère et même de les
garder ; de beaux livres d'images, que j'avais entre-
vus chez le libraire, mais qui n'étaient alors, comme
disait mon père, que pour les enfants bien sages, je
les regardais au château tout à mon aise et je les
feuilletais pendant des heures entières. Tout ce qui
appartenait aux jeunes princes m'appartenait aussi,
je le croyais du moins : je prenais en effet tout ce
que je voulais, quelquefois même je donnais un de
nos jouets à de pauvres enfants. J'étais enfin un petit communiste, dans toute la force du terme. Je
me rappelle qu'un jour la princesse nous avait prêté,
pour nous amuser, un serpent d'or qui s'enroulait
autour de son bras comme un serpent vivant. En
revenant à la maison, j'avais au bras ce serpent et
je voulais m'en servir pour faire peur à ma mère. Je
rencontrai en chemin une pauvre femme, qui vit

mon serpent d'or et me dit de le lui montrer. Elle ajouta qu'elle pourrait, si ce bracelet lui appartenait, le vendre assez cher pour racheter son mari de la prison. Sans réfléchir davantage, je laissai le serpent d'or à cette femme et je me sauvai en courant. Grand tumulte le lendemain : la pauvre femme fut mandée au château, elle pleurait; on disait qu'elle m'avait volé ce bracelet. Indigné d'une pareille accusation, je vins déclarer avec chaleur, que j'avais donné moi-même le serpent d'or et que je ne voulais plus le reprendre. Ce qui advint, je ne sais; mais à partir de ce jour, je me le rappelle, je dus montrer à la princesse tout ce que j'emportais à la maison.

Il se passa longtemps encore avant que mes idées sur *le mien* et *le tien* fussent bien claires. Je me souviens de la dernière confusion de ce genre qui ait fait rire mes camarades. Ma mère m'avait donné de l'argent pour acheter des pommes; elle m'avait donné une pièce de deux sous et les pommes ne coûtaient qu'un sou. Lorsque la marchande eut pris les deux sous, elle me dit tristement, il me le sembla du moins, qu'elle n'avait encore rien vendu de toute la journée et qu'elle n'avait pas un sou pour me rendre : elle me proposait d'acheter des pommes pour deux sous. Je me rappelai tout à coup que j'avais encore un sou dans ma poche, et, tout heureux d'avoir résolu ce difficile problème, je le donnai à cette femme en lui disant : « Maintenant vous pouvez me rendre un sou ! » mais elle me comprit si peu, qu'elle me rendit la pièce de deux sous, et garda le sou que je venais de lui donner.

Vers cette époque, où j'allais presque tous les jours au château pour jouer avec les jeunes princes et apprendre le français avec eux, une figure nouvelle se présente et prend place dans mes souvenirs : la fille du prince, la comtesse Maria. Sa mère était morte peu après lui avoir donné le jour, et son père s'était remarié. Quand l'ai-je vue pour la première fois ? Je ne saurais le dire. Son image sort lentement des ténèbres de ma mémoire : c'est d'abord une ombre légère, ses formes deviennent de plus en plus distinctes, elle semble se rapprocher peu à peu et elle m'apparaît enfin dans toute sa clarté, comme la lune, dans une nuit orageuse, se dégage tout à coup à l'horizon, des nuages qui la cachaient. Elle était toujours malade et souffrante ; elle ne parlait presque jamais. Je l'ai toujours vue couchée sur un lit de repos. Deux domestiques l'apportaient ainsi dans notre chambre, et ils l'emportaient quand elle se sentait fatiguée. Elle était étendue dans une ample robe blanche, les mains jointes : elle avait des traits si doux et si beaux, des yeux si profonds et si pénétrants, que souvent, en la regardant, je me perdais en mille réflexions : elle aussi, était-elle donc du nombre des *étrangers ?* Il lui arrivait quelquefois de poser sa main sur ma tête ; je sentais alors comme un frisson, et je ne pouvais plus ni m'éloigner, ni parler, ni détacher mes regards de ses yeux si profonds et si pénétrants. Elle ne nous disait que quelques mots, mais elle suivait nos jeux du regard, et quand nous faisions trop de bruit, sans se plaindre, elle mettait les mains sur son front et elle fermait les yeux, comme si elle se fût endormie. — Elle nous dit un jour qu'elle allait mieux ; elle s'était assise sur son lit, son visage semblait illuminé d'une

lumière céleste : elle nous fit asseoir autour d'elle
et se mit à nous raconter mille histoires mer-
veilleuses. — Je ne savais pas son âge : sa faiblesse lui donnait l'air d'une enfant ; elle était
cependant trop sérieuse et trop grave pour être
encore un enfant. Si on parlait d'elle, instinc-
tivement on parlait bas, on l'appelait un ange et
jamais je n'avais entendu parler d'elle qu'avec des
expressions de bonté et de tendresse. Souvent, en la
voyant si faible et presque toujours silencieuse, je
me disais que, de sa vie, elle ne pourrait marcher,
qu'il n'y aurait jamais pour elle ni travail, ni joie,
et qu'on la porterait ainsi sur son lit, jusqu'au jour
où on la conduirait au lieu de son repos éternel. Je
me demandais pourquoi elle était venue sur cette
terre, alors qu'elle aurait pu rester si doucement au
milieu des anges : ils l'auraient portée mollement
sur leurs ailes, comme je l'avais vu tant de fois sur
des images de saintes. Il me semblait aussi que j'aurais dû partager ses souffrances, sinon pour les diminuer, pour souffrir avec elle. Je ne pouvais cependant pas lui exprimer toutes ces idées, car je n'en

avais pas conscience, à proprement parler, moi-même, j'en avais seulement un sentiment confus ; je ne songeais pas non plus à me jeter dans ses bras : qui l'aurait pu sans la faire souffrir? mais je me sentais obligé de prier avec ardeur, pour obtenir de Dieu l'allégement de ses souffrances.

Par une douce journée de printemps, elle se fit apporter dans notre chambre. Elle était bien pâle, mais ses yeux étaient plus profonds et plus brillants que jamais. Elle était étendue sur son lit et elle nous appela près d'elle : « C'est aujourd'hui l'anniversaire de ma naissance, dit-elle, et ce matin j'ai reçu la confirmation. Il est possible, poursuivit-elle, en s'adressant à son père, que Dieu m'appelle bientôt à lui. Je serais bien heureuse, cependant, de rester auprès de vous longtemps encore; mais si je viens à vous quitter, je souhaite de n'être pas entièrement oubliée de vous ; et pour me rappeler à votre souvenir, j'ai apporté à chacun de vous une bague. Vous la porterez d'abord à l'index, vous la déplacerez à mesure que vous grandirez, jusqu'à ce qu'elle ne puisse plus aller qu'à votre petit doigt; mais c'est là que je vous prie de la porter toute votre vie, en mémoire de moi. » Elle avait au doigt cinq bagues, elle les ôta l'une après l'autre, quand elle eut fini de parler. Elle avait alors l'air si triste, et cependant si aimable, que je fermai les yeux pour ne pas pleurer. Elle donna la première bague à son frère aîné et l'embrassa, la seconde et la troisième aux deux princesses, la quatrième au plus jeune prince, et, en leur donnant ce souvenir, elle les embrassait. J'étais tout près d'elle, les regards arrêtés sur sa main blanche, et je vis qu'il lui restait encore une bague; mais elle parut fatiguée et se laissa retomber sur son lit. Mon œil rencontra alors le sien, et comme l'œil d'un enfant parle bien haut, elle comprit tout ce qui se passait en moi. Je ne prétendais pas à la cinquième bague, mais je sentais que j'étais pour elle un étranger, que je ne lui appartenais pas, qu'elle ne m'aimait pas autant qu'elle aimait ses frères et ses sœurs. J'éprouvais dans la poitrine une vive douleur, comme si un vaisseau s'était déchiré, et je ne savais plus comment cacher ma souffrance. Elle se souleva de nouveau, mit la main sur mon front et me regarda de manière à me faire clairement comprendre qu'elle lisait mes plus secrètes pensées. Elle prit lentement la dernière bague et me la donna en disant : « Je voulais garder celle-ci, et, si je dois vous quitter un jour, l'emporter avec moi, mais il vaut mieux que tu la portes et que tu te souviennes de moi, quand je ne serai plus auprès de vous. Lis les mots qui sont gravés sur cette bague : « A la volonté de Dieu. » Ton cœur est encore indompté, mais il est tendre. Puisse le monde le dompter sans l'endurcir ! » Elle m'embrassa alors comme un frère.

Ce qui se passa en moi, je l'ignore. J'avais déjà grandi, et la douce beauté de cet ange souffrant n'était pas restée sans charmes pour moi. Je l'aimais autant qu'un enfant peut aimer, et les enfants aiment avec une ardeur, une sincérité, un désintéressement que bien peu conservent dans l'adolescence et dans l'âge mûr. Mais j'avais toujours cru qu'elle était de ces étrangers, auxquels on ne doit pas dire qu'on les aime. Les paroles sérieuses qu'elle m'adressait, je les entendis à peine ; je sentis seulement que son âme était aussi proche de la mienne qu'une

3

âme humaine peut l'être d'une autre âme. Toute
douleur s'était évanouie ; je n'étais plus seul, je n'é-
tais plus un étranger qu'on exclut des faveurs, j'étais
bien chez elle, avec elle, en elle. L'idée me vint alors
qu'elle avait fait un sacrifice, en me donnant cette
bague, qu'elle aurait mieux aimé la garder jusqu'au
tombeau. Cette pensée l'emporta sur toute autre, et
je lui dis d'une voix tremblante : « Si tu veux me
donner cette bague, garde-la : tout ce qui est à toi
est aussi à moi. » Elle me regarda longtemps d'un
air étonné et réfléchi. Enfin elle reprit la bague, la
remit à son doigt et m'embrassa au front, encore
une fois, en me disant tout bas : « Tu ne sais pas
ce que tu dis ; apprends à te connaître et tu seras
heureux, tu feras beaucoup d'heureux ! »

## QUATRIÈME SOUVENIR

---

Dans la vie de tous les hommes, il est des années pendant lesquelles on avance dans la vie, comme dans une allée de peupliers solitaire et poudreuse, sans savoir où l'on est, et dont il ne reste dans la mémoire que le souvenir triste d'avoir avancé, d'avoir vieilli. Tant que le fleuve de la vie coule paisiblement, c'est toujours le même fleuve : seul, l'aspect des campagnes change sur les deux rives. Mais bientôt surviennent comme les rapides de la vie. Ces rapides font seuls impression sur la mémoire, et, même quand nous les avons franchis depuis longtemps, quand nous nous sommes rap-

prochés de plus en plus de cette mer tranquille, que
l'on appelle l'Eternité, il nous semble encore entendre leur grondement lointain : la force qui nous reste
et nous pousse en avant, paraît venir de ces rapides.

Mes années de collége s'étaient écoulées, et après
elles, les insouciantes années de la vie universitaire ;
mille beaux rêves de jeunesse s'étaient aussi éva-
nouis ; une seule chose m'était restée : la foi en Dieu
et aux hommes. La vie réelle m'apparaissait tout
autre que je ne l'avais imaginée dans mon jeune cerveau, mais aussi tout avait pris pour moi un sens
plus élevé ; les mystères, les douleurs de cette vie
n'avaient servi qu'à me prouver la constante inter-
vention de Dieu dans ce voyage terrestre. Rien ne
nous arrive que Dieu ne le veuille, telle était la
brève philosophie que je m'étais faite. Aux vacances, je revins dans ma petite ville natale. Quelle joie
de se revoir ! Personne ne l'a encore expliqué, mais
se revoir, se retrouver, se souvenir, c'est le secret de
presque toutes les joies, de tous les bonheurs ! Ce
que l'on voit, ce que l'on entend, ce que l'on goûte
pour la première fois, peut être beau, peut être grand

ou agréable; mais cette nouveauté nous surprend, l'impression première est trop vive, nous n'en jouissons pas avec calme, et l'effort du plaisir est plus sensible que le plaisir même. Mais entendre, pour la seconde fois, un morceau de musique, que l'on croyait entièrement oublié, et dont nous saluons, comme une vieille connaissance, chaque note au passage, ou se trouver pour la seconde fois, devant la Madone de Saint-Sixte, à Dresde, et sentir se réveiller en soi tous les sentiments que le regard infini du divin enfant avait déjà fait naître, ou même respirer de nouveau le parfum d'une fleur autrefois aimée, s'asseoir à un repas auquel, depuis le temps de l'école, on n'avait plus songé, c'est une source de joie si profonde, que l'on ne sait en vérité si l'on jouit le plus de l'impression présente ou du souvenir. C'est ainsi, quand nous revenons au pays natal, que notre âme se laisse porter, sans en avoir conscience, sur un océan de souvenirs, dont les flots doucement agités la poussent, comme dans un rêve, vers des rives depuis longtemps disparues. La cloche sonne... mais nous sommes trop grands pour aller

encore à l'école ; nous revenons alors de notre première frayeur et nous jouissons du plaisir d'avoir
dépassé ces dures années de travail. Un chien traverse la rue ; c'est le chien qui nous faisait si peur
et nous forçait autrefois à de si longs détours. Ici,
assise à la même place, c'est la vieille marchande,
dont les pommes nous avaient si souvent attirés ; il
me semble encore aujourd'hui que ces pommes,
malgré la poussière qui les couvre, doivent être
meilleures que toutes les pommes du monde. Là on
a renversé une maison, une autre s'est élevée à sa
place : — c'était la maison où demeurait notre vieux
maître de musique ; il est mort depuis. Quel plaisir,
dans les belles soirées d'été, de venir, sous ses fenêtres, écouter les accords par lesquels ce digne
homme, sa journée finie, se faisait oublier à lui-
même les soucis de la vie !

Et ce petit berceau de verdure ! il me paraissait
bien plus grand autrefois ; c'est là qu'en rentrant un
soir assez tard à la maison, je rencontrai la belle
fille de notre voisin. Je n'aurais jamais osé la regarder, ni l'aborder ; mais nous autres garçons, nous

parlions souvent d'elle à l'école et nous l'appelions
« la belle fille ». Si je la voyais venir dans la rue,
j'en étais si heureux que je ne pensais même pas à
m'approcher d'elle. — Oui, c'est ici, dans ce petit berceau de verdure qui donne sur le cimetière, qu'un
soir je la rencontrai : elle me prit par le bras, nous
ne nous étions cependant jamais parlé, et elle me
demanda de m'accompagner à la maison. Je crois
que je ne prononçai pas une parole, elle ne dit peut-
être rien non plus, mais j'éprouvai tant de plaisir,
que, même aujourd'hui, après tant d'années, quand
je me rappelle ce souvenir, je voudrais pouvoir revenir en arrière et goûter encore une fois le plaisir
de rentrer silencieusement à la maison, avec « la
belle fille. »

Ainsi reviennent les souvenirs l'un après l'autre,
jusqu'au moment où, leurs vagues se heurtant au-
dessus de nos têtes, un long soupir s'échappe de notre poitrine et nous avertit que nous avons oublié
de respirer durant cette contemplation du passé.
Alors toute cette rêverie s'évanouit, comme une ombre au chant du coq.

Lorsque je passais devant le vieux château, devant
les tilleuls, lorsque je voyais les sentinelles à cheval et
le haut perron, que de sentiments se réveillaient dans
mon âme et comme tout, aujourd'hui, me paraissait
changé! La princesse était morte, le prince avait ab-
diqué et s'était retiré en Italie; le prince aîné, avec
lequel j'avais grandi, avait pris le gouvernement. Sa
suite était formée de jeunes gentilshommes et d'offi-
ciers, dont il aimait la conversation, dont la société
lui avait fait oublier l'ancien compagnon de ses jeux.
Comme tous les jeunes gens, qui commencent à ap-
précier les défauts de la nation allemande et la
faiblesse de ses gouvernements, j'avais appris quelques tirades du parti libéral, et ces phrases auraient
fait, à la cour, à peu près le même effet que des paroles indécentes dans la maison d'un curé. Aussi,
depuis de longues années, je n'avais pas franchi le
grand escalier. C'était dans ce château cependant
que demeurait un être, dont je me disais presque
chaque jour le nom, dont le souvenir m'était presque
toujours présent. Je m'étais habitué depuis longtemps
à cette idée, que je ne la reverrais jamais dans cette

vie; elle était même devenue pour moi une de ces figures idéales, dont on sait qu'elles n'existent pas,
qu'elles ne peuvent pas exister en réalité; j'en avais
fait mon bon ange et comme un autre moi, auquel
je m'adressais au lieu de me parler à moi-même. Je
n'aurais pu expliquer comment elle avait pris cette
place dans mon cœur : je l'avais à peine connue, et
de même que l'œil prête souvent aux nuages une
forme magique, mon imagination avait créé cette
vision divine, et, des lignes légères et fugitives que
m'avait fournies la réalité, elle avait composé une
image toute de fantaisie. Mes pensées n'étaient plus
qu'un dialogue entre elle et la meilleure partie de
moi-même; je lui rapportais involontairement toutes
mes bonnes pensées; elles me venaient de sa bouche,
de la bouche de mon bon ange.

J'étais revenu, depuis quelques jours à peine, dans
la maison paternelle, quand, un matin, je reçus une
lettre. Elle était écrite en anglais, elle venait de la
comtesse Maria :

« Cher ami,

« J'apprends que vous êtes pour quelque temps
auprès de nous. Voilà de longues années que nous
ne nous sommes pas vus : si vous agréez mon invi-
tation, je reverrai avec plaisir un ancien ami. Vous
me trouverez seule, cette après-midi, dans le châlet
suisse.

« Votre dévouée

« MARIA. »


Je lui répondis aussitôt, en anglais aussi, que je
lui ferais une visite dans l'après-midi.

Le châlet suisse formait une aile du château : il
donnait sur le jardin et on pouvait y aller sans passer par la cour d'honneur. Il était cinq heures quand
je traversai le jardin. Je faisais taire de mon mieux
mon émotion et je me préparais à une visite de cé-
rémonie; je tâchais de rassurer mon bon ange, de lui
persuader qu'entre cette comtesse et lui, il n'y avait

rien de commun. Mais, peines perdues! j'étais singulièrement troublé, et mon bon ange me refusait tout encouragement. Enfin je m'enhardis, je murmurai tout bas quelques-unes de ces phrases, que commande la comédie de la vie; et je frappai à la porte qui était entr'ouverte.

Une dame, que je ne connaissais pas, était seule dans cette pièce; elle se leva, me dit en anglais que la comtesse allait venir, et se retira. Resté seul, j'avais le temps de jeter un coup d'œil autour de moi, de me remettre.

Les murs de cette pièce étaient revêtus de bois de chêne et, sur un treillis, serpentait tout autour de la chambre un lierre épais à larges feuilles. Les tables et les chaises étaient toutes en chêne sculpté, le parquet était aussi composé de lames de chêne. J'éprouvai une impression singulière, en retrouvant là beaucoup de choses que je connaissais déjà; je les avais vues dans la salle du château où l'on nous permettait de jouer; d'autres, surtout les gravures, me semblèrent nouvelles; c'étaient les mêmes cependant que j'avais dans ma chambre, à l'université. Au des-

sus du piano, étaient suspendus les portraits de Beethoven, de Händel, de Mendelssohn, précisément
ceux que j'avais choisis pour moi. Dans un angle
était placée la Vénus de Milo, que j'avais toujours re-
gardée comme la plus belle des statues antiques. Ici,
sur la table, étaient des volumes de Dante, de Sha-
kespeare, les sermons de Tauler, la Théologie allemande, les poésies de Ruckert, de Tennyson, et de
Burns, « *Past and Present* » de Carlyle, autant
de livres que j'avais aussi dans ma chambre, et que
j'avais parcourus tout récemment. Ce singulier hasard me fit songer; mais je chassai ces rêveries, et
j'étais devant le portrait de la princesse défunte, lorsque la porte s'ouvrit : deux porteurs, les mêmes que
j'avais vus si souvent, quand j'étais encore enfant,
apportaient la comtesse sur son lit de repos.

Quel touchant spectacle ! Elle ne dit rien d'abord,
et, jusqu'au moment où les porteurs nous eurent
quittés, son visage resta calme, comme la surface
d'un lac. Ses yeux ensuite se tournèrent vers moi,
ses yeux profonds et pénétrants; son visage se colora par degrés et enfin toute sa figure sourit : « Nous

sommes d'anciens amis, dit-elle, et je crois que nous n'avons pas changé. Je ne saurais dire *vous* ; si je ne peux pas dire *tu*, nous serons obligés de nous parler en anglais. *Do you understand me ?* »

Je ne m'étais pas attendu à cet accueil ; il était bien clair cependant qu'il n'y avait là aucune comédie : c'était une âme qui soupirait après une âme, c'était un salut sincère, comme celui de deux amis qui se reconnaissent au seul regard. Je saisis la main qu'elle me tendait, et je lui répondis : « Quand on parle à un ange, on ne dit pas *vous*. »

Quelle étrange puissance que celle des habitudes, des formalités de la vie, et qu'il est difficile de parler le langage de la nature, même avec les âmes les plus chères ! La conversation s'arrêta, nous nous sentions embarrassés tous les deux. Je rompis le premier le silence et je dis, au hasard, ce qui me passait par l'esprit : « Les hommes sont habitués dès leur enfance à vivre comme dans une cage, et, même quand ils se trouvent en plein air, ils n'osent pas ouvrir leurs ailes ; ils craignent, s'ils prennent leur essor, de se heurter contre des barreaux. »

« C'est bien vrai, répondit-elle ; mais ce n'est pas
un mal et il ne faut pas changer ce qui est. On
porte souvent envie aux oiseaux, qui volent en liberté dans les bois, se rencontrent ensemble sur la
même branche et se mettent à chanter entre eux,
sans avoir besoin d'être présentés d'abord l'un à
l'autre. Mais il y a, même parmi les oiseaux, mon
cher ami, des hiboux et de vilains moineaux, et l'on
est bien heureux de pouvoir, dans la vie, passer devant eux, comme devant les inconnus. Peut-être
en est-il de la vie comme de la poésie : le vrai poète
sait exprimer librement ce qui lui paraît le plus
vrai, le plus beau ; l'homme devrait, lui aussi, con-
server, sous les chaînes que la société lui impose, la
liberté de ses sentiments et de ses pensées. »

Je ne pus m'empêcher de rappeler ces vers de
Platen :

« Ce qui se révèle, en tous lieux, éternellement,
« c'est, sous des mots asservis à des règles, un esprit
« libre [1]. »

[1]. Voir la note A, à la fin du volume.

« Oui, reprit-elle, avec un sourire amical et plein de finesse, mais j'ai un privilége ; je le dois à une vie souffrante et solitaire. Je m'attriste souvent à l'idée que les jeunes gens et les jeunes filles ne peuvent éprouver entre eux ni amitié, ni affection, sans penser bientôt, ou leurs parents pour eux, à l'amour, à ce que l'on appelle ordinairement l'amour. Ils y perdent beaucoup : les jeunes filles ne savent pas ce qui sommeille dans leur âme, elles laissent dormir des qualités qui se révèleraient en elles, avec les encouragements d'un noble ami ; et les jeunes hommes, de leur côté, retrouveraient mainte vertu chevaleresque, si les femmes pouvaient être seulement les spectatrices lointaines de leurs luttes intérieures. Mais ce n'est pas possible : l'amour vient toujours se mettre de la partie, l'amour, ou du moins ce qu'on appelle ainsi, le battement plus rapide des cœurs, les orageuses palpitations de l'espérance, le plaisir que donne la vue d'un joli visage, une douce sensation, peut-être aussi, un prudent calcul, toutes choses bonnes à détruire ce calme, cette paix, qui est la véritable image du pur amour... »

Elle s'interrompit tout-à-coup, et un tressaille-
ment de douleur passa sur ses traits : «... je ne dois
plus parler aujourd'hui, dit-elle ; mon médecin m'a
défendu de parler longtemps. Mais j'aimerais entendre un morceau de Mendelssohn, — le Duo, —
le morceau que mon jeune ami jouait si bien, il y a
de longues années, n'est-ce pas ? »

Je ne pus rien lui répondre ; car, lorsqu'elle eut
cessé de parler, lorsqu'elle eut joint les mains,
comme autrefois, je vis une bague, — elle la portait
maintenant au petit doigt, — la bague qu'elle m'a-
vait donnée et que je lui avais rendue. Il me vint
trop de pensées à la fois pour qu'il me fût possible de les exprimer ; je me mis au piano et je
jouai.

Lorsque j'eus fini, je me retournai et je lui dis, en
la regardant : « Si l'on pouvait se parler ainsi, sans
paroles ! » — « On le peut, dit-elle ; j'ai tout compris ; mais, pour aujourd'hui, je ne puis continuer ;
je m'affaiblis de jour en jour. Eh bien ! nous nous
accoutumerons l'un à l'autre : une pauvre malade
abandonnée a quelque droit peut-être à de l'indul-

gence. Nous nous reverrons demain, à la même heure, n'est-ce pas ? »

Je pris sa main et je voulus y déposer un baiser ; mais elle m'arrêta, me serra la main et me dit : « C'est entendu ; au revoir ! »

# CINQUIÈME SOUVENIR

---

Il me serait difficile de dire quelles pensées, quels sentiments m'agitaient, quand je revins à la maison. L'âme ne se laisse pas traduire en paroles tout entière, et il est des pensées que les mots n'ont jamais rendues, et que tout homme comprend, dans les moments de la joie la plus vive ou de la plus vive douleur. Je n'éprouvais ni joie ni douleur, — mais un trouble inexprimable. Mille pensées se croisaient dans mon esprit, comme ces étoiles filantes, qui tombent du ciel, et qui s'éteignent, avant d'atteindre la terre. En rêve, il arrive souvent qu'on se dise : c'est un rêve! Je me disais au con-

traire : tu vis réellement, c'est bien elle ! Je m'effor-
çai de réfléchir froidement : je me dis que c'était une
aimable jeune fille, une âme peu commune, et j'allais regretter de n'être plus auprès d'elle, mais je
pensai aux délicieuses soirées, que je passerais avec
elle pendant les vacances. — Mais non, ce n'était
pas encore cela, ce n'était pas ce que je voulais dire :
elle est, à elle seule, tout ce que j'avais cherché,
rêvé, espéré, tout ce que j'avais cru. J'ai enfin trouvé
un cœur, aussi pur, aussi frais qu'une matinée de
printemps ; du premier coup d'œil, je l'avais comprise, j'avais vu ce qui se passait en elle : en nous
abordant, nous nous étions reconnus. Et le bon
ange que je portais en moi ? Il ne me répondait
plus, il avait disparu : je compris qu'il n'y avait
plus au monde qu'un seul endroit, où je pourrais le
retrouver.

Alors commença une vie de bonheur : tous les
jours, j'allais chez elle dans l'après-midi, et bientôt
nous fûmes assurés que nous étions vraiment d'an-
ciennes connaissances ; nous ne pouvions faire autrement que de nous tutoyer. On aurait dit que

nous avions toujours vécu ensemble et l'un pour l'autre, car il n'y avait pas de sentiments qu'elle éprouvât, sans qu'il eût déjà passé dans mon âme, et je n'exprimais jamais une pensée, qu'elle ne l'approuvât aussitôt d'un signe amical, comme pour dire : je l'avais aussi pensé! J'avais entendu naguère le plus grand maître de ce temps improviser au piano avec sa sœur, et je n'avais pas compris comment ils pouvaient s'entendre assez l'un et l'autre, pour laisser courir ainsi leur pensée sans jamais troubler, par une seule note, l'harmonie de leur jeu. Je me l'expliquais maintenant. Oui, je reconnaissais maintenant que mon esprit n'était pas si vide et si pauvre qu'il m'avait paru : le soleil seul lui avait manqué jusque là pour développer les germes et faire éclore les fleurs. — Qu'il était triste, cependant, le printemps qui éclairait mon âme et la sienne! Nous pouvons bien, au mois de mai, oublier que les roses se faneront bientôt ; mais ici, chaque jour faisait tomber une feuille à terre. Elle le sentait mieux que moi et le disait, sans s'attrister de sa faiblesse, sans se plaindre ; mais nos causeries devinrent plus sérieuses, de jour en jour, plus solennelles.

« Je ne comptais pas vivre si longtemps, me dit-elle un soir, comme j'étais sur le point de partir. Lorsque je t'ai donné ma bague, le jour de ma confirmation, je croyais que je vous quitterais bientôt ; depuis, j'ai vécu beaucoup d'années, j'ai goûté beaucoup de bonheur, j'ai aussi beaucoup souffert ; mais on oublie facilement le passé, — et, maintenant que je sens mon départ si proche, toute heure, toute minute me devient chère. — Bonne nuit ! ne viens pas trop tard, demain. »

Un jour, en entrant chez elle, je la trouvai avec un peintre italien. Elle lui parlait en italien, et, quoique ce fût plutôt un ouvrier qu'un artiste, elle lui parlait cependant avec une affabilité, une modestie et même un respect qui faisaient reconnaître en elle une noblesse native, la noblesse du cœur. Lorsqu'il fut parti : « je vais te montrer, me dit-elle, un tableau qui te fera plaisir. L'original est dans les galeries de Paris ; j'en avais lu une description, et je l'ai fait copier pour moi, par cet Italien. » Elle me montra ce tableau et attendit ce que j'en dirais. C'était le portrait d'un homme d'un âge mûr, avec l'ancien costume allemand. L'expression du visage était grave, pieuse, et, en même temps, si naturelle, qu'on ne pouvait douter que cet homme n'eût vécu un jour. Le premier plan de la toile était sombre, noir, mais au fond s'ouvrait un paysage, et les premières lueurs de l'aurore apparaissaient à l'horizon. Il n'y avait rien dans cette œuvre qui pût frapper, mais on prenait plaisir à la voir et on aurait pu la regarder longtemps sans se lasser. « Il n'y a rien au-dessus d'un vrai portrait, dis-je; Raphaël lui-même n'aurait pas créé une figure pareille. » — « Non, dit-elle; je vais t'expliquer pourquoi j'ai voulu ce tableau : j'avais lu qu'on ne savait pas le nom de l'auteur, que personne ne savait le nom du personnage qu'il représente, que c'était probablement quelque philosophe du moyen-âge. Eh bien! c'est justement le portrait qu'il me fallait pour ma galerie. Tu sais que personne ne connaît l'auteur de la Théologie allemande et que nous n'avons pas son portrait. J'ai donc voulu voir si le por-

trait d'un inconnu, peint par un inconnu, répon-
drait à l'idée que je me fais de notre théologien allemand, et, si tu veux, nous mettrons cette toile
entre les Albigeois et la diète de Worms, et nous
l'appellerons le Théologien allemand. »

« Je veux bien, lui dis-je ; seulement le livre de
ce théologien est un peu trop fort, trop aride pour
les Francfortois. »

« C'est possible, répondit-elle ; cependant, pour
une vie souffrante et languissante, comme la mienne,
il y a beaucoup de consolations, beaucoup de force
à puiser dans ce livre. Je lui dois beaucoup ; c'est
lui qui m'a révélé pour la première fois, dans toute
sa simplicité, le véritable secret de la doctrine chrétienne. Je vis clairement que j'étais libre de croire ou
de ne pas croire l'ancien Maître, sans examiner d'ailleurs s'il a véritablement existé, parce que sa doctrine
n'exerce sur moi aucune contrainte extérieure. Et
cependant elle s'imposait à moi, avec une si grande
force, qu'il me sembla comprendre, pour la première
fois, la révélation. Ce qui ferme à tant d'esprits
l'accès du véritable christianisme, c'est précisément

que la révélation ne se fait pas en nous-mêmes. J'y avais souvent pensé avec beaucoup d'inquiétude : je n'ai jamais douté, assurément, de la vérité, de la divinité de notre religion ; mais je sentais que la foi, reçue d'autrui, n'était pas légitimement à moi ; ce que j'avais appris, ce que j'avais répété dans mon enfance, sans en savoir le sens, ne pouvait, à ce que je croyais, m'appartenir. Personne, en effet, ne peut croire pour nous, comme personne ne peut vivre ni mourir à notre place. » — « Certainement, lui dis-je, et s'il y a tant de combats, tant d'incertitudes douloureuses, c'est que la doctrine du Christ, au lieu de gagner lentement et irrésistiblement notre cœur, comme elle gagna celui des apôtres et des premiers chrétiens, se présente à nous, depuis notre plus tendre enfance, comme la loi inattaquable d'une église puissante et nous commande cette soumission sans condition, qu'on appelle la foi. Il s'élève tôt ou tard des doutes dans le cœur de tout homme qui à la force de penser joint l'amour, le respect de la vérité, et quand nous sommes en bon chemin pour reconquérir notre foi, le frisson du scepticisme et de l'incrédulité nous saisit et vient troubler le paisible développement d'une vie nouvelle. »

« Je lisais l'autre jour, dans un livre anglais, dit-elle en m'interrompant, que la vérité fait la révélation, et non la révélation la vérité. Ces mots rendent très-bien ce que j'éprouvais en lisant la Théologie allemande. Je lisais le livre, et je sentais en même temps l'influence d'une vérité si persuasive, que j'ai dû me rendre. La vérité se révélait à moi, ou plutôt je me la révélais à moi-même, et je comprenais, pour la première fois, ce que c'est que croire. La vérité enfin m'appartenait ; elle avait longtemps sommeillé dans mon esprit, mais la parole du maître inconnu éclaira ma conscience, et, comme un rayon de lumière, fit pénétrer une vive clarté jusque dans les plus sombres profondeurs de mon âme. Après avoir découvert comment l'âme humaine arrive à la foi, je me proposai de lire les Évangiles, comme s'ils avaient été écrits, eux aussi, par un inconnu. Je tâchai d'oublier, autant que possible, qu'ils avaient été inspirés aux apôtres par le Saint-Esprit, confirmés par les conciles et recommandés par l'église, comme l'autorité suprême en matière de doctrine : ce fut alors seulement que j'appris à connaître la révélation chrétienne ! »

« Il est bien étonnant, dis-je, que les Théologiens ne nous aient pas encore fait perdre toute religion ; ils le feront, si les fidèles ne s'y opposent pas et ne leur disent : jusqu'ici, mais pas plus loin ! Toute religion doit avoir ses serviteurs ; mais il n'y a pas de religion au monde que les prêtres, Brahmanes ou Schamanes, Bonzes ou Lamas, Pharisiens ou Scribes, n'aient corrompue ou renversée. Ils discutent, ils disputent, dans une langue qui est inconnue aux neuf-dixièmes de la communauté, et au lieu de se faire inspirer par l'évangile et de communiquer aux autres leur inspiration, ils composent d'innombrables volumes pour établir que les Evangiles sont vrais, parce qu'ils ont été écrits par des hommes inspirés. Mais ce n'est là qu'un expédient pour cacher leur propre incrédulité. Comment savent-ils en effet que ces hommes étaient inspirés, à moins de s'attribuer à eux-mêmes une inspiration bien plus merveilleuse encore? Aussi étendent-ils le don de l'inspiration aux pères de l'église, et même à tous ceux qui forment la majorité dans les conciles ; mais alors, comment, sur cinquante évêques réunis en concile, vingt-six étaient-ils inspirés sans que les vingt-quatre derniers le fussent aussi? On fait, de guerre lasse, la dernière démarche : on dit que par l'imposition des mains, l'inspiration et l'infaillibilité ont été transmises aux chefs de l'église jusqu'à nos jours, si bien que tout cela, infaillibilité, majorité, inspiration dispense, en les rendant superflues, de toute contemplation intérieure, de toute méditation religieuse. Malgré cet enchaînement, reste toujours cependant, avec toute sa simplicité, la première question : comment B peut-il savoir que A a été inspiré, si B lui-même n'est pas inspiré autant que A et même plus encore? Il est en effet plus difficile de savoir si A est inspiré, que de savoir si on l'est soi-même. »

— « Je n'avais pas encore fait toutes ces réflexions, dit-elle ; mais j'ai souvent pensé qu'il serait bien difficile de savoir si l'on est véritablement aimé : il n'y a pas de preuves d'amour, qui ne puissent être trompeuses; il n'y aurait qu'un moyen : ce serait d'aimer d'abord soi-même, de connaître ainsi l'amour véritable; on croirait ensuite à l'amour d'autrui, en proportion de l'amour que l'on éprouverait soi-même. Ce que je dis de l'amour est aussi vrai des dons du Saint-Esprit : ceux qu'il inspire entendent un bruit du ciel, semblable au bruit d'un vent impétueux, et ils voient paraître comme des langues de feu; les autres sont saisis d'épouvante, ou ils se raillent des premiers et disent : « ils sont pleins de vin doux! »

« Cependant, comme je te l'ai dit, c'est à la Théologie allemande, que je dois d'avoir appris à croire ma propre foi, et j'ai été fortifiée par là, on me le reprochera peut-être, à penser que l'ancien Maître n'a jamais songé à établir sa doctrine par des arguments rigoureux. Il l'a répandue plutôt, comme fait un semeur, dans l'espérance que quelques grains tomberaient sur une bonne terre et rendraient mille pour un. Aussi notre divin Maître n'a-t-il jamais cherché à prouver ce qu'il enseignait : la pleine conscience de la vérité dédaigne les preuves en forme. »

Je ne pus m'empêcher alors de penser au merveilleux enchaînement des syllogismes, dans l'Ethique
de Spinosa, je l'arrêtai : « C'est vrai, lui dis-je, et
l'argumentation si serrée de Spinosa me ferait soup-
çonner que ce grand penseur n'a pas cru lui-même,
de tout son cœur, sa propre doctrine : ce serait justement pour cela, qu'il aurait eu besoin de fixer solidement chaque maille du filet. Cependant, je te l'a-
vouerai, je ne partage pas toute ton admiration pour
la Théologie allemande. J'ai dû, moi aussi, plus
d'une bonne inspiration à ce livre ; mais à mon avis,
ce n'est pas un livre assez humain, assez poétique ;
il manque surtout de chaleur ; l'auteur enfin n'a
pas tenu assez compte de la réalité. Tout le mysticisme du XIVᵉ siècle est bon comme préparation ;
mais il n'est devenu pratique qu'à l'avénement de
notre pieux et courageux Luther. Sans doute,
l'homme doit, une fois dans sa vie, reconnaître son
néant : il doit sentir qu'il n'est rien par lui-même,
que son être, sa naissance et sa vie immortelle tien-
nent au surnaturel, au suprasensible. C'est là le

retour à Dieu. Sur la terre, il est vrai, il ne sert à rien, mais il laisse dans l'âme je ne sais quelle nostalgie du divin, qui ne finit jamais. Anéantir la création, l'homme ne le peut pas ; bien que cette création soit faite de rien, c'est-à-dire par la seule volonté de Dieu, l'homme ne peut pas se rejeter lui-même dans ce néant, par ses propres forces, et l'annihilation de soi-même, dont Tauler parle souvent, ne vaut guère mieux que le Nirvâna, ou la dissipation de l'âme, chez les Bouddhistes. Tauler déclare quelque part que, s'il lui fallait s'anéantir, pour prouver à l'Etre suprême son respect et son amour, il s'abîmerait avec joie, dans le néant, devant sa majesté souveraine. Mais le Créateur n'a pas voulu cet anéantissement de la créature, puisqu'il l'a créée : « Dieu se change en l'homme, dit saint Augustin, mais non l'homme en Dieu . » Le mysticisme m'apparaît comme une épreuve de feu; elle est bonne pour tremper l'âme humaine , mais il ne faut pas qu'elle la dissipe, comme la chaleur dissipe l'eau d'une chaudière. Quand on a reconnu le néant de son être, il faut encore reconnaître dans ce « moi » le reflet du di-

vin. La Théologie allemande contient ces paroles :
« Ce qui est émané, n'a d'être que dans le parfait ;
il n'a pas d'existence en soi ; c'est un reflet, une lueur,
un éclat emprunté, ce n'est pas un être : l'existence
n'appartient en réalité qu'au feu, au soleil ou au
flambeau, d'où jaillit la lueur [1]. » Mais ce qui est
émané de la nature divine, ne serait-ce que la lueur
de ce foyer, a cependant en soi quelque chose de la
réalité divine, et on pourrait même dire : que serait
le feu sans lueur, le soleil sans lumière, le Créateur
sans créature ?— Ce sont là d'ailleurs des questions,
dont il a été dit avec vérité : « Tout homme, toute
créature, qui désire pénétrer les secrets desseins,
la secrète volonté de Dieu, fait la même demande
qu'Adam et le malin esprit [2]. » — Contentons-
nous donc de sentir en nous comme le reflet de la
nature divine. Cette lumière divine qui nous
éclaire, personne ne doit la mettre sous le boisseau,
ni l'éteindre ; tout homme doit la refléter au contraire, pour qu'elle illumine, pour qu'elle réchauffe

1. Voir la note B, à la fin du volume.
2. Voir la note C.

tout autour d'elle. C'est alors comme un feu vivifiant, qui court par toutes les veines, et l'on reçoit comme une bénédiction d'en haut, pour le combat de la vie. Les moindres devoirs eux-mêmes nous rappellent à la pensée de Dieu, la nature terrestre se transforme en une nature divine, la vie dans le temps en une vie éternelle, toute notre vie en une vie en Dieu! Non, Dieu n'est pas le repos éternel, Dieu est la vie éternelle, et Angelus Silesius s'est trompé quand il dit : « Dieu n'a point de volonté...

« Nous disons dans notre prière : Mon Seigneur « et mon Dieu, que votre volonté soit faite ! Mais « voyez, il n'a point de volonté, il est le calme éter- « nel [1]..! »

Elle m'avait écouté sans m'interrompre ; elle resta un moment pensive et reprit : « pour ta manière de croire, il faut la santé et la force ; mais il est aussi des âmes, lasses de la vie, qui soupirent après le repos et le sommeil ; des âmes si délaissées, qu'elles s'endorment en Dieu , sans regretter le

1. Voir la note D, à la fin du volume.

5

monde plus que le monde ne les regrette. C'est pour
elles un avant-goût du repos en Dieu, de pouvoir
dès maintenant s'abîmer sans réserve dans la pensée
de Dieu, et elles le peuvent, car nul désir ne les
rattache à ce monde, nul désir ne leur trouble le
cœur, si ce n'est le seul désir du repos :

« Le repos est le plus grand des biens, et si Dieu
« n'était repos, devant Dieu même, je fermerais les
« yeux [1]. »

« Mais tu es injuste pour le Théologien allemand ;
il enseigne, sans doute, le néant de la vie extérieure,
mais il ne veut pas la détruire pour cela. — Tiens, lis,
pour t'en convaincre, le vingt-huitième chapitre. »

Je pris le livre, et je lus, pendant qu'elle écoutait
les yeux fermés :

« Là où l'union se fait en réalité et devient es-
« sentielle, l'homme intérieur demeure immobile, et
« Dieu fait que l'homme extérieur, de temps en
« temps, s'agite et se meut. L'homme extérieur doit
« dire en toute vérité : je ne veux ni être, ni ne pas

1. Voir la note E, à la fin du volume.

« être, ni vivre, ni ne pas vivre, ni savoir, ni ne pas
« savoir, ni agir, ni ne pas agir, et ainsi du reste ;
« mais tout ce qui doit être, je l'attends, et je suis
« prêt à me soumettre, ou en souffrant, ou en agis-
« sant. Ainsi, l'homme extérieur n'a pas de pour-
« quoi, il ne fait aucune recherche ; il veut seule-
« ment se conformer à la volonté éternelle. Il faut
« donc connaître, en vérité, que l'homme intérieur
« doit demeurer immobile, que l'homme extérieur
« doit se laisser mouvoir, et alors, si l'homme inté-
« rieur vient à se troubler et à demander le pour-
« quoi, il n'y a pas d'autre réponse : « cela doit être,
« cela est ordonné par la volonté éternelle. » Et ainsi
« Dieu et l'homme s'unissent, ne font qu'un. Nous
« en trouvons l'idéal dans le Christ, où l'union par-
« faite s'est accomplie en la lumière divine et par
« elle ; il n'y plus de place alors ni pour la pré-
« somption religieuse ni pour la fatuité pleine de
« négligence : c'est une profonde soumission, un
« sentiment de mélancolie, d'accablement ; toute
« honnêteté, toute paix, toute vérité et simplicité,
« le caractère propre de toute vertu, doit s'y trou-

« ver. Rien ne peut favoriser cette union, mais
« rien, non plus, ne peut l'empêcher, si ce n'est
« l'homme, dont le libre arbitre peut lui causer ce
« grand préjudice : il faut le savoir [1]. »

« C'est asséz, dit-elle ; je crois que nous nous
comprenons à présent. Dans un autre passage, notre
ami inconnu dit assez clairement qu'aucun homme
ne reste impassible devant la mort, et que l'homme
rempli de l'esprit de Dieu est comme une main de
Dieu, qui ne fait rien d'elle-même, mais seulement
ce que Dieu commande, ou encore comme une maison, où Dieu demeure. — L'homme uni à Dieu sent
très-bien cette union, mais il n'en parle pas, il cache sa vie en Dieu, comme on cache un secret d'a-
mour. Je puis le comparer, d'après ce que j'éprouve
souvent moi-même, à ce peuplier aux feuilles ar-
gentées, qui est là, devant ma fenêtre. Tu le vois, il
est maintenant, sur le soir, tout à fait immobile ;
pas une feuille ne s'agite, ne tremble. Lorsque le
vent du matin fait bouger et papillonner toutes ses

1. Voir la note F, à la fin du volume.

feuilles, le tronc et les branches ne remuent pas et, quand vient l'automne, toutes ces feuilles qui tremblotaient au moindre souffle, tombent à terre, pourrissent, et le tronc attend un nouveau printemps. »

Elle s'était avancée si loin dans ce monde surnaturel, que je n'osais l'en rappeler. Moi-même, je ne m'étais dégagé qu'avec peine de ce cercle magique de pensées, et je me demandais si elle n'avait pas choisi, en définitive, la meilleure part, une part qui ne pouvait lui être ravie, pendant que nous prenons tant de peines et de soucis.

Chaque soir amenait ainsi un nouveau sujet d'entretien, et, chaque jour, je voyais plus clair et plus avant dans les profondeurs de cette âme. Elle n'avait pas de secrets pour moi ; son langage était l'expression sincère de nobles pensées, de sentiments élevés ; elle semblait seulement les avoir gardés longtemps dans son cœur, car elle me les communiquait, elle les épanchait, sans hésitation, sans chercher, comme un enfant qui, le sein plein de fleurs, les jette toutes à la fois sur le gazon. Je ne pouvais lui ouvrir mon cœur comme elle m'ouvrait le sien, et cette idée m'oppressait, me tourmentait souvent. Qu'il en est peu qui sachent, avec ces perpétuels mensonges auxquels la société nous condamne, qu'elle appelle mœurs, politesse, égards, prudence ou sagesse de la vie, et avec lesquels elle fait de notre vie un perpétuel bal masqué, qui sachent, même quand ils le veulent, recouvrer la pleine sincérité de leur nature! L'amour lui-même ne sait pas parler sa propre langue, ni se taire son propre silence : il faut qu'il apprenne le langage des poètes, qu'il divague, soupire ou babille, au lieu d'aborder librement, de regarder en face et de s'abandonner. J'aurais voulu lui confier ma peine et lui dire : Non, tu ne me connais pas ; mais je ne trouvais pas les mots pour dire simplement la vérité! Avant de partir cependant, je lui donnai un volume des poésies d'Arnold, que j'avais reçu depuis peu, et je la priai de lire une pièce de poésie, intitulée « *La vie souterraine.* » C'était ma confession. Je m'agenouillai ensuite devant son lit de repos; « bonne nuit! » lui dis-je. — « Bonne nuit! » répondit-elle et elle posa la main sur ma tête ; un frisson courut dans tous mes membres ; des rêves d'enfance voltigeaient dans mon âme, je ne pouvais me lever. Je la regardai, et je restai les yeux attachés à ses yeux si profonds, jusqu'à ce que la paix de son cœur eût entièrement inondé mon cœur. Alors je me levai, et je regagnai silencieusement la maison.

— Pendant la nuit, je rêvai d'un peuplier blanc, autour duquel mugissait la tempête, mais pas une feuille ne s'agitait sur ses branches !

### LA VIE SOUTERRAINE [1].

Doucement se poursuit notre guerre de mots piquants, et cependant, regarde, j'ai les yeux mouillés de larmes. Je me sens envahi d'une tristesse sans nom.

Oui, oui, nous savons que nous pouvons plaisanter, nous savons que nous pouvons rire ; mais je sens là, au cœur, une souffrance à laquelle tes paroles légères n'apportent aucun remède, tes gais sourires aucun soulagement.

Donne-moi ta main, tais-toi un moment, tourne vers les miens tes yeux limpides, et laisse-moi, mon amour, y pénétrer jusqu'au fond de ton cœur.

Hélas! l'amour lui-même est-il trop faible pour laisser le cœur s'épancher, pour le laisser parler? Les amants eux-mêmes n'ont-ils pas la force de se découvrir l'un à l'autre leurs plus intimes sentiments? La plupart des hommes, je le savais, cachent leurs pensées : ils craignent, en les révélant, de ne

1. Voyez la note G, à la fin du volume.

trouver chez les autres qu'une froide indifférence, la critique ou le blâme. Ils vivent et s'agitent, je le savais, dans un déguisement perpétuel, étrangers aux autres hommes, étrangers à eux-mêmes — et cependant le même cœur bat dans toutes les poitrines humaines.

Mais nous, mon amour — un pareil charme glacerait-il nos cœurs, nos voix ? — Nous aussi, devons-nous rester muets?

Ah! trop heureux, si nous pouvions nous-mêmes, et pour un seul instant, donner à nos cœurs toute liberté, et donner un libre essor à nos paroles; nos lèvres sont scellées, et c'est l'œuvre d'une sagesse profonde.

Le destin a prévu combien l'homme serait un enfant frivole, à quelles distractions il se laisserait aller, comme il se livrerait lui-même à toutes les aventures et changerait à chaque instant son caractère; pour sauver de ses caprices le génie qui lui est propre, pour le forcer à obéir, en dépit de lui-même, à la loi de son être, il a décidé qu'à travers les secrets abîmes de notre cœur, le fleuve invisible de notre vie poursuivrait sa route d'un cours continu; nous ne pouvons en apercevoir les flots souterrains, nous croyons tourner au hasard avec eux, et cependant ils nous emportent sans retour.

Mais souvent, dans les rues les plus fréquentées, souvent, dans le tourbillon du monde, s'élève en nous un inexprimable désir de connaître notre vie souterraine, une passion de dépenser, sans repos, notre ardeur et nos forces à découvrir le cours de notre véritable vie, de notre vie personnelle, un besoin d'éclaircir le mystère de notre cœur, qui bat si impétueusement, si profondément en nous, de savoir d'où viennent nos pensées, où elles vont. Et plus d'un homme, alors, descend en lui-même, mais aucun, hélas! ne creuse assez avant : nous avons suivi mille voies diverses, nous avons montré tous les talents, toutes les aptitudes; mais c'est à peine si, pendant une petite heure, nous avons suivi notre propre voie, si nous avons été nous-mêmes; c'est à peine s'il a pu se manifester un seul de ces sentiments, qui nous traversent le cœur et s'évanouissent pour toujours, sans avoir été exprimés jamais. Longtemps, nous nous efforçons sans succès de parler, d'agir

selon ce moi caché, et nos paroles, nos actions sont éloquen-
tes, sont bonnes... elles ne sont pas vraies.

Enfin, nous ne voulons pas nous torturer davantage à cet
effort intérieur, et nous recourons, pour revenir à notre indifférence, aux mille riens de l'heure présente ; ah oui ! et
ces riens nous engourdissent à souhait ; mais, de temps en
temps encore, vagues et isolés, naissant des profondeurs sou-
terraines de notre âme, comme d'une terre lointaine, viennent
des souffles, des échos incertains, qui nous apportent, pour
tout un jour, la mélancolie.

Cependant, c'est, il est vrai, bien rare, lorsqu'une main
aimée repose dans les nôtres, quand fatigués de l'éclat mono-
tone d'un jour interminable, nos yeux peuvent lire clairement dans ceux d'un autre, quand notre oreille, fatiguée des
bruits du monde, est caressée par une voix chérie — un voile
se déchire en nous et nos sentiments reçoivent de nouveau
une impulsion oubliée : l'œil peut voir au dedans, le cœur
reste à découvert, et nos pensées, nos paroles, nos résolutions,
nous les savons alors. Un homme est, dès ce moment, ins-
truit du cours de sa vie, il en distingue le murmure, semblable à celui du vent, il voit les prairies qu'il traverse, il sent
le soleil et la brise.

Là, il s'arrête dans cette course ardente, dont il poursuit
éternellement cette ombre fugitive et trompeuse, le Repos.
Un souffle, plein de fraîcheur, se joue sur son visage, et,
dans son cœur, se répand une paix inaccoutumée.

Il croit alors connaître la colline où sa vie a pris sa source,
et la mer où elle va.....

# SIXIÈME SOUVENIR

---

Le lendemain, dans la matinée, on frappa à ma porte, et mon vieux docteur, le conseiller, entra dans ma chambre. C'était un ami pour tous les habitants de notre petite ville, le médecin à la fois des corps et des âmes. Il avait vu grandir deux générations : les enfants qu'il avait vus naître, étaient devenus à leur tour pères et mères, et il les regardait tous comme ses enfants. Il n'était pas marié lui-même; il était encore plein de force et bel homme pour son âge. Je l'avais toujours connu tel qu'il était alors devant moi, avec ses yeux bleu-clair, sous d'épais sourcils, sa chevelure blanche, toute frisée et vivace

comme celle d'un jeune homme. C'étaient aussi
les mêmes souliers à boucles d'argent, les mêmes
bas blancs, et cet habit brun, qui semblait toujours
neuf, et qui paraissait être cependant, je m'en souviens très-bien, toujours celui d'autrefois ; cette
canne enfin, était bien celle que j'avais vue si souvent au pied de mon lit, pendant qu'il me tâtait le
pouls ou me prescrivait tel ou tel remède. J'avais
été malade à plusieurs reprises, mais ma foi en ce
digne homme m'avait toujours sauvé. Je n'avais
jamais douté qu'il ne pût me rendre bien portant, et
quand ma mère disait qu'elle allait envoyer chercher
ce cher conseiller pour me guérir, c'était comme si
elle eût dit qu'elle allait envoyer chercher le tailleur
pour raccommoder mes pantalons déchirés. Je n'avais
qu'à prendre le remède, et je sentais que je devais
me rétablir.

« Comment ça va-t-il, mon garçon ? me dit-il en
entrant. Tu n'as pas très-bonne mine ; tu ferais bien
de ne pas tant travailler. Mais je n'ai pas le temps
de causer aujourd'hui : je viens seulement pour t'en-
gager à ne plus aller chez la comtesse Maria. J'ai

passé toute la nuit près d'elle, et c'est votre faute. Ainsi, si tu tiens à sa vie, tu ne retourneras plus chez elle. Si nous pouvons l'emmener, elle partira bientôt pour la campagne; le mieux serait de t'absenter pendant quelques jours. Allons, adieu, sois raisonnable et montre un peu de courage ! »

A ces mots, il me tendit la main, me regarda amicalement dans les yeux comme pour m'arracher une promesse, et s'en alla pour visiter ses enfants malades. Mon étonnement de voir qu'un autre avait pénétré les secrets de mon cœur et savait ce que j'ignorais moi-même, fut si grand, qu'il était déjà parti depuis longtemps lorsque la force de penser me revint. Il se passa alors en moi ce qui se passe, quand de l'eau, restée quelque temps sur le feu sans bouger, se trouble tout à coup, se met à bouillir, s'élève à grand bruit, et s'échappe enfin par-dessus les bords du vase.

Ne plus la revoir ! — Mais je ne peux vivre que près d'elle ! Rester immobile, ne rien lui dire, me tenir tranquillement à la fenêtre, et la laisser dormir, je le veux bien. — Mais ne plus la revoir ?

Partir sans lui dire adieu? Elle ne sait pas, elle ne peut pas savoir que je l'aime. Mais je ne l'aime pas non plus — je ne demande rien, je n'espère rien; mon cœur n'est jamais plus paisible que lorsque je suis chez elle. — J'ai besoin seulement de sentir sa présence, — de respirer son âme, d'être près d'elle. Elle m'attend! Le destin nous a-t-il réunis sans raison? Ne devais-je pas être sa consolation, ne devait-elle pas être mon repos? La vie n'est pas un jeu; elle ne pousse pas ensemble deux âmes, comme deux grains de sable que le tourbillon du désert rassemble et sépare. Nous devons nous attacher les âmes que la bonté du sort nous offre sur la route : elles nous sont destinées, et aucune puissance ne peut nous les ravir, si nous avons le courage de vivre, de combattre et de mourir pour elles. Elle me mépriserait d'ailleurs, si, au premier roulement du tonnerre, je désertais son amour, cet arbre à l'ombre duquel j'ai passé de si doux moments.

Je me calmai tout d'un coup, et je n'entendis plus que ces mots « son amour » résonner dans toutes les profondeurs de mon âme, comme un écho qui m'effrayait moi-même. « Son amour », mais comment l'aurais-je mérité ? Elle me connaît à peine, et si jamais elle devait m'aimer, ne serais-je pas forcé de lui confesser que je ne mérite pas l'amour d'un ange ? Les pensées, les espérances, qui s'élevaient dans mon cœur, retombaient, comme l'oiseau qui s'élance vainement vers le ciel, et ne voit pas la grille de sa cage. Et pourtant — pourquoi toute cette félicité, à la fois si proche et si inaccessible ? Dieu ne peut-il pas faire des prodiges ? N'en fait-il pas chaque matin ? N'a-t-il pas souvent exaucé la prière, qui monte à lui pleine de foi et se tait seulement quand le malheureux a reçu un secours, une consolation ? Nous ne demandons pas des biens terrestres, — mais que deux âmes, qui se sont rencontrées et reconnues, puissent achever leur voyage en ce monde les bras entrelacés, les regards unis ; que je sois pour elle un soutien dans ses souffrances, qu'elle soit pour moi une consolation, l'objet d'une douce sollicitude jusqu'au terme de la vie. Et si un beau printemps lui était plus tard réservé, si ses souffrances venaient à finir, — oh ! quelles

charmantes images passaient devant mes yeux ! Le
château de sa mère, dans le Tyrol, lui appartenait ;
— là, dans les vertes montagnes, dans un air pur,
au milieu d'un peuple robuste et innocent — loin
du bruit du monde, de ses tracas et de ses luttes, des
envieux, des critiques, dans quelle heureuse paix
nous pourrions attendre le soir de la vie, et « silencieusement passer, comme le soleil à son déclin. »
Je voyais le sombre lac, le brillant miroir de ses
eaux, et sur ce miroir, près des bords, l'ombre des
glaciers lointains ; j'entendais les sonnettes des trou-
peaux, les chansons des bergers ; j'apercevais sur
les cimes les chasseurs à la poursuite des chamois ;
je voyais les vieillards et les jeunes hommes revenir
ensemble, le soir, au village, et surtout je la voyais
glisser au milieu d'eux comme un ange de paix et
de charité ; j'étais à tous leur ami, leur guide.

Insensé ! m'écriai-je, insensé ! Ton cœur est-il
donc toujours aussi prompt, aussi faible ? Sois
homme, rappelle-toi qui tu es, combien tu es loin
d'elle. Elle est bonne, son âme aime à se refléter
dans une âme ; — mais sa familiarité enfantine, sa

candeur fait assez voir qu'elle n'éprouve pas pour toi un sentiment plus profond que l'amitié. N'as-tu pas vu, par une claire nuit d'été, dans tes courses à travers la forêt de hêtres, comme la lune verse sa lumière argentée sur les branches et sur les feuilles, comme elle éclaire même l'eau triste et sombre des mares, comme elle se reflète dans la plus humble goutte d'eau. Ainsi elle regarde cette vie de ténèbres, et tu reçois toi-même sa douce lumière ; mais n'attends pas d'elle un regard plus chaud !

Soudain, sa vivante image s'offrit à mes yeux. Ce n'était pas une réminiscence, mais une apparition véritable, et pour la première fois j'eus conscience de sa beauté. Ce n'était pas cette beauté de la forme et de la couleur, qui nous éblouit souvent à première vue chez une aimable fille, qui se fane aussi, comme une fleur du printemps. C'étaient plutôt l'harmonie de tout son être, la vérité, le naturel de tous ses mouvements, l'expression spirituelle de son visage, la mutuelle et parfaite pénétration de l'âme et du corps, qui charmaient en elle. La beauté, que la nature distribue à profusion, ne satisfait pas si

6

l'homme ne l'a pas acquise, et, pour ainsi dire, ne la
mérite pas en la faisant sienne. Elle nous choque
plutôt, comme nous sommes choqués de voir, sur
la scène, en habit royal, une actrice dont tous les
pas, tous les gestes démentent le costume. La véritable beauté, c'est la grâce, et la grâce, c'est la métamorphose d'un être pesant, matériel, terrestre, en
esprit. L'esprit seul, par sa présence, rend belle
même la laideur. Plus je considérais l'image appa-
rue devant mes yeux, plus je reconnaissais la noble
beauté de ses formes et la profondeur d'âme que
toute sa personne révélait. Oh ! quelle félicité je
voyais devant moi, — et cette apparition ne devait
servir qu'à me faire entrevoir les sommets de la félicité humaine, pour me précipiter ensuite dans les
plaines désertes de la vie ! Si du moins je n'avais
jamais soupçonné quels trésors la terre peut recéler !
Mais aimer une fois, et se trouver ensuite seul pour
toujours ! Croire une fois, et aussitôt désespérer pour
toujours ! Voir une fois la lumière, et devenir aveu-
gle pour toujours ! C'est là un supplice devant lequel
s'effacent toutes les tortures humaines.

Ainsi grondaient en tumulte mes diverses pensées, et ce tumulte allait croissant, quand le calme enfin se fit ; mes impressions désordonnées se rassemblèrent, et peu à peu se déposèrent au fond de mon âme. On appelle ce repos, cette lassitude, la réflexion ; c'est plutôt une révision — on donne à la multitude de ses pensées le temps de se cristalliser elles-mêmes, suivant des lois éternelles : on observe ce phénomène, comme un chimiste dans un laboratoire, et quand tous ces éléments ont pris une forme, on est souvent bien étonné de s'apercevoir que, eux et nous, nous sommes tout autres que nous ne l'avions prévu.

Le premier mot que je prononçai, cet examen fini, fut : il faut partir, et sans plus tarder, je m'assis, j'écrivis au docteur que je partais pour quinze jours et que je m'en remettais à lui pour tout le reste. Une explication pour mes parents fut bientôt trouvée, et le soir même j'étais en route pour le Tyrol.

# SEPTIÈME SOUVENIR

---

Avec un ami, quel plaisir de voyager à travers les
vallées et les montagnes du Tyrol! On y respire un
air vif, on y puise un nouvel amour de la vie. Mais,
seul avec ses pensées, faire le même voyage, c'est
temps perdu, peine inutile. Que m'importent les
vertes montagnes, le lac aux eaux bleues et la cascade mugissante? Ce n'est pas moi qui les regarde,
ils semblent au contraire me regarder et s'étonner
de voir passer un homme seul. Mon cœur se serre à
l'idée que je n'ai pas encore pu trouver, sur la terre,
un cœur qui préférât ma société à celle de tout autre. — Ces réflexions me revenaient tous les ma-

tins à mon réveil, et, comme l'air d'une chanson
dont on ne peut se débarrasser, elles me poursuivaient et m'obsédaient tout le jour. Quand, le soir,
j'entrais fatigué dans une hôtellerie, et que les
étrangers réunis dans la salle commune me regar-
daient et s'étonnaient de me voir voyager seul, je me
sauvais souvent dans la campagne, où du moins,
grâce aux ténèbres, personne ne verrait que j'étais
seul, et plus tard je rentrais furtivement, je mon-
tais dans ma chambre et je me jetais sur mon lit, où
jusqu'au sommeil, j'entendais résonner en moi ce
refrain de Schubert : « Là où tu n'es pas, là est le
bonheur ! » Enfin la vue des hommes que je ren-
contrais, que je trouvais partout ravis de cette merveilleuse nature, heureux et pleins d'enthousiasme,
me devint si odieuse, que je me décidai à dormir
pendant la journée et à continuer mon voyage la
nuit, à la clarté de la lune. J'y gagnai d'éprouver un
sentiment, qui chassait et dissipait mes rêveries mé-
lancoliques, celui de la peur. Essayez de gravir les
montagnes, seul, pendant la nuit, sans savoir le
chemin, alors que l'œil découvre au loin des fantô-

mes dont il ne peut se détourner, alors que l'oreille
entend, par une surexcitation maladive, des sons
dont elle ignore la cause, où le pied se heurte à une
racine qui a percé à travers le rocher, ou glisse sur
une pierre que la cascade a mouillée de sa pluie
étincelante, et, avec tout cela, le vide au dedans,
sans une consolation au cœur, — sans un souvenir
qui nous réchauffe, — sans une espérance qui nous
ranime, essayez-le, et vous sentirez au dedans et au
dehors, les frissons glacés de la mort. La première
peur, dans le cœur de l'homme, est née de l'abandon de Dieu. La vie cependant, la chasse, les hommes,
créés, il est vrai, à l'image de Dieu, nous consolent
de notre solitude. Mais, quand nous perdons cette
consolation, l'amour des hommes, nous comprenons
ce que c'est que d'être abandonné de Dieu et des
hommes, et la nature, avec son regard muet, nous
effraie alors, au lieu de nous rendre courage. Même
en posant solidement le pied sur de fermes rochers,
nous croyons les sentir chanceler, comme la vase
des mers dont ils sont un jour sortis, et quand
l'œil demande de la lumière, et que la lune, s'éle-

vant derrière les sapins, découpe leurs cimes aiguës
sur la blanche muraille des rochers, elle nous apparaît comme l'aiguille inerte d'une horloge qui a été
montée un jour, et qui un jour cessera de marcher.
Parmi les étoiles même, dans la voûte spacieuse du
ciel, l'âme qui tremble, qui se sent seule et abandonnée, ne trouve pas où se rattacher.

Il est une idée seulement, qui parfois nous ap-
porte quelque consolation ; c'est celle du repos, de
l'ordre, de l'infini, de la nécessité dans la nature.
Ici, où des deux côtés la cascade a tapissé la roche
grise d'une mousse verte et sombre, on aperçoit
tout à coup, dans la fraîcheur de l'ombre, un petit
« ne m'oubliez pas. » C'est une de ces sœurs qui
fleurissent maintenant, par millions, sur le bord de
tous les ruisseaux, sur toutes les prairies de la terre,
et qui ont fleuri depuis que le premier soleil levant
a répandu sur la création tous les trésors de son
inépuisable fécondité. Toutes les lignes tracées sur
ses feuilles, toutes les étamines de son calice, toutes
les fibres de ses racines, une à une, ont été comp-
tées ; aucune puissance, sur la terre, ne peut en

augmenter, ni en diminuer le nombre. Si nous ren-
dons notre vue plus pénétrante, si nous jetons sur
les mystères de la nature un regard plus profond,
si le microscope nous ouvre l'atelier silencieux de la
semence, des boutons, des fleurs, alors nous aperce-
vons la forme qui se reproduit indéfiniment dans
les tissus les plus fins, dans les dernières cellules,
et l'éternelle uniformité du plan de la nature, jusque dans les filaments les plus déliés. Si nous pouvions pénétrer plus avant, partout le même ensemble de formes se présenterait à nous, et, comme
dans une salle entourée de glaces, le regard se per-
drait dans l'infini. Cet infini se résume dans ces petites fleurs. Si nous levons les yeux vers le ciel, nous
y retrouvons les mêmes lois : des lunes autour des
planètes, des planètes autour des soleils, des soleils
autour de nouveaux soleils, et le brouillard lointain des étoiles se décompose, pour l'œil armé du
télescope, en d'autres mondes admirables. Si nous
considérons alors que ces astres majestueux amè-
nent par leur gravitation le changement des sai-
sons, font revivre la graine des myosotis, font ouvrir

les cellules, sortir les feuilles et éclore les fleurs
qui parent le tapis des prairies, font naître le scarabée qui se balance dans le bleu calice des fleurs,
et dont le réveil à la vie, la sensibilité et la vivante
haleine sont mille fois plus admirables que la struc-
ture des fleurs ou la mécanique des astres inertes,
— si vous songez que vous aussi vous appartenez
à ce système éternel, vous pourrez alors vous consoler avec ces créatures, en nombre infini, qui se
meuvent, vivent et passent avec vous. Mais si cet
univers, avec ses moindres et ses plus grandes choses, avec la sagesse et la puissance qu'il révèle, avec
les merveilles de son existence et l'existence de ses
merveilles, est l'œuvre d'un Être, devant lequel tu
ne recules pas d'effroi, devant lequel tu te proster-
nes, dans le sentiment de ta faiblesse et de ton
néant, devant lequel aussi tu te relèves, dans le sentiment de son amour, — si tu sens réellement qu'il
est en toi quelque chose de plus infini, de plus réel
encore que les cellules des fleurs, les sphères des
planètes et la vie du scarabée, si tu reconnais en
toi, comme dans son ombre, l'éclat de l'éternel qui

brille autour de toi, si tu sens en toi, au-dessous et au-dessus de toi, l'omniprésence de l'Être suprême, en qui ton apparence devient réalité, ton angoisse calme et repos, ta solitude communion avec tous les êtres, tu sais alors à qui adresser ton cri dans la nuit sombre : « Créateur et Père, que ta volonté soit faite, sur la terre comme au ciel, et, comme sur la terre, aussi dans mon âme! » Alors le jour se fera en toi et autour de toi ; le crépuscule du matin, avec ses brouillards glacés, disparaît, et une chaleur nouvelle pénètre la nature tremblante. Tu as trouvé une main que tu ne quitteras jamais, qui te retiendrait alors même que les montagnes s'ébranleraient, que les lunes s'éteindraient; — où que tu sois, tu es en lui, et lui en toi ; — il est le présent en éternité, et c'est à lui qu'appartient le monde avec ses fleurs et ses épines, l'homme avec ses joies et ses douleurs. Rien ne t'arrivera, que Dieu ne le veuille!

Dans ces pensées, je poursuivais mon voyage ; tantôt j'allais bien, tantôt mal. Même après avoir trouvé le repos et la paix au plus profond de notre

âme, il nous est difficile de rester paisiblement dans
cette sainte solitude. Beaucoup la perdent, après l'a-
voir trouvée, et c'est à peine s'ils se rappellent le
chemin qui conduit à elle.

Des semaines s'étaient écoulées et pas un mot ne
m'était venu de sa part. Peut-être est-elle morte,
me disais-je, peut-être dort-elle du dernier sommeil! Ce fut alors comme un autre refrain, qui
malgré mes efforts venait et revenait à mon esprit.
Ce n'était pas impossible : le docteur m'avait dit
qu'elle avait une maladie de cœur, et que chaque
matin, en allant chez elle, il s'attendait à ne plus la
trouver vivante. Si je l'avais perdue en ce monde,
sans lui avoir dit un dernier adieu, sans lui avoir
dit, au moins au dernier moment, combien je l'aimais, pourrais-je me le pardonner jamais? Ne me
faudrait-il pas, pour obtenir d'elle une assurance
d'amour et de pardon, la chercher jusque dans un
autre monde? — Comme les hommes se jouent de
la vie, et comme ils remettent d'un jour à l'autre,
sans songer que chaque jour perdu peut être le dernier, qu'une heure perdue est souvent une éternité

perdue, les meilleures actions, les plus doux plaisirs. Toutes les paroles du conseiller, à sa dernière visite, me revinrent à la mémoire, et je vis clairement que je ne m'étais décidé à ce brusque départ que pour lui prouver ma force : il m'aurait été plus difficile alors de lui confesser ma faiblesse, de rester. Mon seul devoir était donc de retourner près d'elle, sans perdre un instant, et d'accepter toutes les épreuves que le ciel nous enverrait. Je venais à peine de prendre cette résolution, quand je me rappelai subitement cette phrase du docteur : « Si nous pouvons l'emmener, elle partira bientôt pour la campagne. » Elle m'avait dit elle-même qu'elle passait dans son château la plus grande partie de l'été; elle était donc là, peut-être, dans le voisinage; en un jour, je pouvais arriver chez elle. Je n'hésitai plus : au point du jour je me mettais en route; le soir, j'étais à la porte du château.

Le temps était calme et serein; le sommet des montagnes était doré par les feux rougeâtres du soir et les régions inférieures étaient couvertes d'une ombre bleu-rose. Un brouillard gris s'éleva du fond des vallées, il s'éclaircit tout-à-coup, en arrivant sur les hauteurs, et il se forma au ciel comme un océan de nuages. Tous ces jeux de lumière se reflétaient à la surface légèrement agitée du sombre lac, sur les bords duquel les monts semblaient s'élever et descendre ; la cime des arbres, la pointe du clocher, la fumée montant au-dessus des maisons, marquaient seules ainsi une ligne de séparation entre le monde réel et son image. Mais un seul point attirait mes regards, c'était le vieux château, où mes pressentiments me disaient que j'allais la retrouver. On n'apercevait cependant aucune lumière aux fenêtres ; aucun bruit de pas ne troublait le calme du soir : mes pressentiments m'avaient-ils donc trompé ? Je franchis lentement la première enceinte, je montai les marches du perron et j'arrivai dans la cour, où je vis une sentinelle : je m'approchai rapidement du soldat et je lui demandai qui était au château : « la comtesse, avec ses domestiques, » me dit-il brièvement. Je n'en demandai pas davantage ; une seconde après, j'étais à la porte principale et je sonnais. Ce fut alors seulement, que je réfléchis à ma démarche. Personne ne me connaissait ; je ne pouvais, je n'osais pas dire qui j'étais ; j'avais erré à travers les montagnes pendant des semaines entières, et j'avais l'air d'un mendiant. Que faire ? à qui m'adresser ? Mais il n'était déjà plus temps d'y songer : la porte s'ouvrait et je me trouvais en face d'un portier en livrée princière, qui me toisait d'un air surpris.

Je lui demandai si la dame Anglaise, qui ne la quittait jamais, je le savais, était au château ; sur sa réponse affirmative, je me fis donner du papier et de l'encre, et j'écrivis à la suivante que j'étais venu pour m'informer des nouvelles de la comtesse.

Le portier appela un domestique, et le chargea de ma lettre. Je comptai tous ses pas dans la longue galerie ; ma situation me paraissait, dans mon attente, plus pénible à chaque minute. De vieux portraits de famille étaient suspendus aux murs : c'étaient des chevaliers tout bardés de fer, des femmes revêtues d'un ancien costume, et, au milieu d'elles, une religieuse en robe blanche, avec une croix rouge sur la poitrine. J'avais souvent vu

ces personnages autrefois ; mais jamais je ne m'é-
tais dit que, dans leur poitrine aussi, avait battu
jadis un cœur d'homme; en ce moment au contraire, il me sembla que j'aurais pu lire, dans l'expression de leur visage, des volumes entiers et
qu'ils me disaient : « Nous aussi, nous avons vécu ;
nous aussi, nous avons souffert. Sous cette armure
de fer, des secrets ont été cachés autrefois, comme
aujourd'hui dans ton sein. Ce costume blanc, cette
croix rouge témoignent assez haut des combats que
j'ai soutenus, comme ceux qui se livrent aujour-
d'hui dans ton cœur. » Ils avaient l'air de me regarder avec compassion, et cependant leurs traits
étaient empreints d'une antique fierté qui semblait
dire : « tu n'es pas des nôtres : » — Mes angoisses
redoublaient, quand le bruit d'un pas léger me fit
sortir de ma rêverie L'Anglaise descendit l'escalier ;
elle me pria d'entrer dans une salle. A mon regard,
elle devina peut-être ce qui se passait en moi, mais
son visage conserva une parfaite immobilité, et,
sans se permettre la moindre expression d'étonnement ou d'intérêt, elle me dit, d'une voix mesurée,

que la comtesse allait mieux maintenant, et qu'elle me priait de passer dans une demi-heure chez elle.

Un bon nageur, qui s'est avancé au loin dans la mer, et qui ne pense au retour que lorsque ses bras commencent à se lasser, — qui, alors, coupe les vagues à la hâte et ose à peine regarder, là-bas, le rivage ; qui sent, à chaque brassée, ses forces diminuer et craint de se l'avouer, et qui, tout à coup, lorsque sa volonté l'abandonne, lorsque déjà il agonise et perd conscience de ce qui l'entoure, heurte du pied la terre ferme et embrasse la première pierre du bord, — tel j'étais moi-même... lorsque j'entendis ces paroles. Une nouvelle réalité m'apparut, et tout ce que j'avais souffert s'évanouit comme un songe. De tels moments sont très-rares dans la vie, et des milliers d'hommes ont passé, qui n'en ont pas connu la joie. Mais la jeune mère qui tient, pour la première fois, son enfant dans ses bras, le père dont le fils unique revient de la guerre couvert de gloire, le poëte que son propre pays acclame avec enthousiasme, le jeune homme, quand à sa chaude poignée de main un être aimé répond

7

par une étreinte plus chaude encore, savent ce que l'on éprouve lorsqu'un rêve devient une réalité.

La demi-heure s'écoula. Un domestique vint me chercher, me guida à travers une longue suite de pièces, m'ouvrit une porte, et, dans la pâle lumière du soir, je vis une forme blanche, près d'une haute fenêtre qui donnait sur le lac et les montagnes encore éclairées. « Comme on se retrouve ! » disait, devant moi, une voix argentine, dont chaque mot me faisait l'impression d'une fraîche goutte de pluie, après une chaude journée d'été. — « Comme on se retrouve, et comme on se perd ! » lui dis-je. Je lui pris la main et je sentis que nous nous étions en effet retrouvés. « Mais, c'est la faute des hommes, quand ils se perdent, » ajouta-t-elle, et sa voix, qui accompagnait ses paroles comme une musique, passa insensiblement à un ton plus doux.

« C'est vrai, répliquai-je ; mais d'abord, dis-moi, comment vas-tu maintenant ? Pourrai-je causer avec toi ? » — « Mon cher ami, répondit-elle en souriant, je suis toujours malade, tu le sais, et, quand je dis que je me porte bien, c'est par amitié pour

mon vieux conseiller; car il est persuadé que je lui
dois toutes les années que j'ai vécu, depuis la première, à lui seul et à son art. Avant de quitter la
résidence, je l'ai bien effrayé : un soir, mon cœur
avait cessé de battre, tout à coup, et dans mon angoisse, je m'étais figuré qu'il ne reprendrait jamais
son mouvement. Mais c'est passé, et à quoi bon en
parler? Une seule chose m'attriste : j'avais toujours
cru que je fermerais les yeux sans souffrir, mais je
sens, à présent, que la douleur troublera mon départ de cette vie et me le rendra cruel ! » Elle posa
la main sur son cœur, et reprit : « Mais toi, raconte-
moi où tu es allé, et dis-moi pourquoi je n'ai pas reçu
un mot de toi, pendant toute ton absence. Le vieux
docteur m'a d'abord donné une foule de raisons pour
m'expliquer ton départ si subit, mais j'ai fini par lui
dire que je n'en croyais pas un mot. Il m'a donné
alors le plus incroyable de tous les prétextes : devine
lequel? » — « Incroyable, c'est possible, lui dis-je,
en l'empêchant d'achever et de prononcer le mot; et
pourtant, il n'était peut-être que trop vrai. Mais
cela aussi est passé : à quoi bon en parler? »

« Mais non, mon ami, dit-elle, pourquoi cela se-
rait-il passé ? Lorsque le conseiller m'eut enfin donné
sa dernière raison, je lui dis que je ne vous comprenais, ni lui, ni toi. Je ne suis qu'une pauvre malade
abandonnée, et ma vie n'est qu'une longue mort.
Cependant, si le ciel m'a envoyé quelques âmes qui
me comprennent, ou, pour parler comme le docteur,
qui m'aiment, en quoi cela troublerait-il ma paix
et la leur ? — Je venais de lire mon poète favori,
Wordsworth, lorsque le docteur me fit son aveu, et
je lui dis : Mon cher conseiller, nous avons tant de
pensées et si peu de mots, que nous sommes bien
obligés de traduire beaucoup de pensées par les
mêmes mots. Si quelqu'un, sans nous connaître,
entendait dire que notre jeune ami m'aime, ou que
je l'aime, il pourrait croire que notre amour ressemble à celui de Roméo et de Juliette, et tu aurais
alors raison de dire que cela ne doit pas être. Mais,
n'est-ce pas, tu m'aimes toi aussi, mon vieux conseiller, et je t'aime, et je t'aime depuis de longues
années; je ne te l'avais peut-être jamais avoué, jusqu'ici ; je ne me suis cependant pas désespérée pour

cela, je n'en ai pas été plus malheureuse. Oui, mon
cher conseiller, et je te dirai plus encore : je crois
que tu as pour moi un malheureux amour; ne viens-
tu pas, chaque matin, me demander de mes nouvelles, même lorsque tu sais que je me porte bien?
Ne m'apportes-tu pas les plus belles fleurs de ton
jardin? Ne m'as-tu pas obligée à te donner mon portrait! Mais, bien plus, — je ne devrais peut-être pas
te trahir, — dimanche dernier, n'es-tu pas entré
dans ma chambre? Tu croyais que je dormais : je
dormais en effet, ou du moins je ne pouvais faire
aucun mouvement, mais je te voyais; tu es resté
longtemps assis, près de mon lit, les yeux sur moi,
et je sentais tes regards comme deux rayons de soleil
se jouant sur ma figure. Puis, tes yeux s'obscurci-
rent, et je vis deux grosses larmes s'en échapper. Tu
cachas tes yeux dans tes mains, et tu murmuras,
deux fois, en soupirant : « Maria! Maria! » Eh bien!
mon cher conseiller, notre jeune ami n'a jamais fait
rien de pareil, et pourtant tu l'as renvoyé! — Pendant que je lui parlais ainsi, d'un ton à demi plai-
sant, à demi sérieux, comme je fais toujours, je vis

que j'avais blessé le bon vieillard ; il se tenait immobile et tout confus, comme un enfant. Je pris
alors un volume des poésies de Wordsworth, celui
dont je venais de lire quelques passages, et je lui dis :
Voici un autre vieillard que j'aime, et que j'aime
de tout mon cœur, que je comprends et qui me comprend, et cependant que je n'ai jamais vu, que je ne
verrai jamais : il en est ainsi sur la terre. Je vais
maintenant te lire une de ses poésies ; tu verras comment on peut aimer, et comment l'amour est une
bénédiction que l'amant répand sur la tête de celle
qu'il aime, pour continuer ensuite son chemin dans
une heureuse tristesse. Je lui lus cette pièce de
Wordsworth, intitulée « *La jeune écossaise* ». — A
présent, mon ami, approche-toi de la lampe, et lis-
moi encore une fois cette poésie, car elle me rafraîchit, toutes les fois que je l'entends. Il y respire un
esprit semblable à cette clarté paisible, infinie du
soir, qui colore de pourpre, sous nos yeux, les cimes
pures de ces montagnes couronnées de neige. »

Comme ses paroles résonnaient doucement et lentement dans mon âme, mon cœur redevint, lui aussi,

plus calme et plus tranquille. L'orage s'était dissipé, et son image flottait, comme le reflet argenté de la lune, sur les vagues légèrement agitées de mon amour, de cette mer qui s'étend à travers tous les cœurs humains et que chacun revendique pour soi, tandis qu'elle fait la pulsation vivifiante de l'humanité tout entière. J'aurais préféré me taire, comme la nature qui s'étendait au dehors, devant nous, et qui devenait de plus en plus sombre ; mais elle me donna le livre et je lus [1] :

« Douce jeune fille d'Ecosse, à toi, en ce monde, le sceptre de la beauté ! Deux fois sept années, au cours égal, ont répandu sur ta tête, leurs précieuses faveurs : ces sombres rochers, cette vallée natale, ces arbres, qui forment comme un voile à demi soulevé, cette cascade, qui murmure auprès du lac silencieux, cette baie, dont les flots tranquilles protègent ta demeure — vous m'apparaissez tous comme l'illusion d'un rêve, comme ces fantaisies, que notre imagination fait naître, lorsque les soucis de la vie sont pour un moment oubliés ! Et cependant, belle créature, à la pleine lumière du jour, tu resplendis d'un éclat céleste ; je te bénis, douce Vision, je te bénis du fond du cœur ; Dieu veille sur toi jusqu'à tes dernières années ! Je suis un étranger pour toi, pour les tiens, et j'ai cependant les yeux mouillés de larmes.

« Avec une sincère émotion, je prierai pour toi, quand je

1. Voir la note H, à la fin du volume.

serai loin d'ici. Jamais, je n'ai si bien vu, sur la figure, dans
les traits de personne, cet air d'intelligente bonté, mûrie
dans une parfaite innocence. Jetée ici, comme le grain de blé
qui tombe au hasard, loin des hommes, tu ne connais pas les
regards embarrassés d'une misère timide, ni la rougeur si
prompte aux jeunes filles. Sur ton front serein, tu portes la
liberté d'une enfant des montagnes : visage rayonnant de
bonheur ! aimables sourires d'une douce nature ! Quel charme
dans ton accueil ! La grâce se joue autour de toi. Nulle contrainte dans tes manières, si ce n'est celle des pensées, qui se
présentent vives et pressées à ton esprit, et que traduisent
à peine le peu de mots anglais que tu as appris : servitude
légère, lutte qui donne à ta physionomie de la grâce et de la
vie. J'ai vu aussi, avec émotion, des oiseaux de la race qui
aime les tempêtes — lutter ainsi contre le vent.

« Quelle main serait digne même de cueillir pour toi une
guirlande de fleurs, pour toi qui es si belle ? O doux plaisir,
demeurer ici, près de toi, dans une vallée couverte de bruyères !
adopter la vie simple que tu mènes, se vêtir comme toi, être
berger comme tu es bergère ! Mais je pourrais former un
vœu moins chimérique : tu es pour moi, comme une vague
de la mer orageuse ; que ne puis-je m'attacher à toi, au moins
par les liens d'un commun voisinage ! Quel bonheur de t'entendre, de te voir ! Que ne suis-je ton frère aîné, ton père —
quelque chose pour toi !

« Enfin, que le ciel soit loué ! Je le bénis de m'avoir amené
dans ce lieu solitaire : j'emporte, en m'éloignant, ma récompense. En de pareils moments surtout, nous apprécions notre
mémoire, nous reconnaissons qu'elle a des yeux : pourquoi
donc hésiterais-je à partir ? Elle nous a été donnée, je le sens,
pour renouveler un plaisir passé, pour le faire durer toute la
vie. Aussi je ne crains pas, malgré mon bonheur ici, douce
jeune fille d'Ecosse, je ne crains pas de te quitter ; jusqu'à
mon dernier jour, j'en ai la confiance, je verrai devant moi,
comme aujourd'hui, la petite cabane, le lac, la baie, la cascade, et toi, l'âme de ces lieux ! »

Je m'arrêtai : cette pièce de vers m'avait rappelé l'impression que j'avais si souvent éprouvée naguère, en aspirant, dans une grande feuille verte, une gorgée d'eau fraîche puisée à une pure fontaine.

Sa voix se fit alors entendre, comme les premières notes de l'orgue, quand il nous réveille d'une prière rêveuse : « C'est ainsi, dit-elle, que je désire être aimée de toi, et aussi de notre bon conseiller ; nous devrions tous nous aimer ainsi, et avoir en nous une mutuelle, une entière confiance. Mais le monde, je le connais à peine, il est vrai, ne me semble pas comprendre cette manière d'aimer, cette confiance réciproque : les hommes ont fait de cette terre, où nous aurions pu vivre si heureux, une bien triste demeure. — Il en était, je crois, tout autrement dans les premiers âges ; sans cela, comment Homère aurait-il pu concevoir le personnage si aimable, si pur et si tendre de Nausicaa ? Nausicaa s'éprend d'Ulysse à la première vue ; elle le dit aussitôt à ses compagnes : si cet étranger voulait devenir mon époux ! s'il consentait à rester près de nous ! — Elle craint cependant de venir à la ville en même temps que lui, et elle lui dit, sans détours : Si je conduisais à la maison un si bel étranger, d'une si belle figure, les gens diraient que je suis allée chercher un mari. — Comme tout cela est simple et naturel ! Mais lorsqu'elle lui entend dire qu'il veut retourner dans son pays pour revoir sa femme et son fils, sans laisser échapper une plainte elle se retire, et nous sentons assez qu'elle a dû garder longtemps après, dans son cœur, le souvenir du bel étranger, à la belle figure. Pourquoi nos poètes ont-ils ignoré cet amour, cet aveu sincère, joyeux, ce renoncement paisible ! Un poète des temps nouveaux aurait fait de Nausicaa un Werther féminin. C'est que l'amour, pour nous, est une simple introduction à la comédie, ou à la tragédie du mariage. N'y a-t-il donc pas d'autre amour ? La source du bonheur le plus pur est-elle donc entièrement tarie ? Les hommes ne connaissent-ils plus que la coupe enivrante, et non la source rafraîchissante de l'amour ? »

Ces paroles me rappelèrent ces plaintes du poète Anglais :

Si cette foi nous vient du ciel, si tel est le plan sacré de la nature, n'ai-je pas raison de déplorer ce que l'homme a fait de l'homme [1] ?

« Que les poètes sont heureux ! reprit-elle ; leurs paroles font jaillir les sentiments les plus profonds de mille âmes restées jusque-là muettes. Que de fois leurs chants n'ont-ils pas arraché l'aveu du plus doux secret ? Leur cœur bat dans la poitrine du pauvre, comme dans celle du riche ; les heureux chantent, les tristes pleurent avec eux. Mais aucun poète n'a su me charmer autant que Wordsworth. Je sais que beaucoup de mes amis ne l'aiment pas, ils disent que ce n'est pas un poète ; c'est justement pour cela que je l'aime : il évite toutes les tournures de la poésie ordinaire, toutes les hyperboles, tout ce que l'on désignerait par cette expression : le vol de Pégase. Mais il est vrai, et que n'y a-t-il pas dans ce seul mot ? Il ouvre nos yeux à la beauté, qui est devant nos pieds, comme la pâquerette des champs ; il nomme tout par son véritable nom ; il ne veut surprendre, tromper ni éblouir personne ; il

1. Voyez la note I, à la fin du volume.

ne prétend pas à l'admiration pour lui-même; il cherche seulement à faire goûter aux hommes tout le charme de ce que la main des hommes n'a pas encore touché, déformé. Une goutte de rosée n'est-elle pas plus belle qu'une perle montée en or ? Une source vive, qui jaillit devant nous, dont nous ignorons l'origine, n'est-elle pas plus merveilleuse que toutes les eaux de Versailles ? Sa « *Jeune écossaise* » n'est-elle pas plus séduisante, n'est-ce pas un type plus réel de la véritable beauté, que l'Hélène de Gœthe ou l'Haydée de Byron ? Et, en outre, quelle langue agréable, quelle pureté dans les pensées ! Il est bien regrettable que nous n'ayons pas en Allemagne, un poète qui lui ressemble. Schiller aurait pu être notre Wordsworth, s'il s'était fié à lui-même, à son génie, plus qu'aux Grecs et aux Romains. Notre Ruckert s'en rapprocherait davantage, s'il n'était pas allé chercher, loin de son propre pays, parmi les roses de l'Orient, des consolations et une autre patrie. Peu de poètes ont le courage d'être entièrement ce qu'ils sont : Wordsworth avait ce courage, et, comme nous aimons à écouter

les grands hommes, alors même qu'ils oublient d'étre
grands et que s'abandonnant, comme de simples
mortels, à leur pensée, ils attendent avec patience
le moment où une inspiration nouvelle leur ouvrira
de nouveau l'infini, j'aime Wordsworth dans les
poésies mêmes où il ne dit que ce que chacun aurait
pu dire. Les grands poètes s'accordent parfois du répit.
Dans Homère, il nous arrive souvent de lire cent
vers, sans rencontrer une seule beauté, et ainsi de
Dante ; tandis que Pindare que vous admirez tous,
me désespère avec son enthousiasme perpétuel. Que je
donnerais, pour pouvoir passer un été au bord du lac,
pour visiter avec Wordsworth tous les lieux qu'il a
rendus célèbres, saluer tous les arbres qu'il a sauvés
de la hache, et assister même une seule fois, avec
lui, à ce coucher du soleil dans le lointain, qu'il
a décrit comme Turner seul aurait pu le peindre ! »

Elle avait une manière de parler qui m'a toujours
frappé : sa voix ne baissait jamais à la fin des phrases, comme il arrive d'ordinaire, elle s'élevait au
contraire, et finissait toujours comme un accord de
septième dominante. En parlant, elle semblait se

soumettre à son interlocuteur, jamais s'imposer à lui, et la mélodie de ses phrases rappelait le ton de l'enfant, quand il dit : N'est-ce pas, père? Il y avait dans sa voix quelque chose d'une prière : il était impossible de lui résister.

« Wordsworth est aussi un de mes poètes favoris, dis-je, et plus encore, c'est un homme que j'aime. Comme il arrive souvent que l'on a, d'une petite colline gravie sans peine, une vue plus étendue, plus belle et plus animée, que du Mont-Blanc, escaladé à grand'peine et au péril de la vie, je fais grand cas des poésies de Wordsworth. Longtemps je l'ai trouvé vulgaire, et j'ai plusieurs fois abandonné la lecture de ses œuvres, sans comprendre comment les meilleurs esprits d'Angleterre pouvaient avoir aujourd'hui pour lui une si grande admiration. Mais, depuis, j'ai reconnu qu'il n'y a pas un poète, dans n'importe quelle langue, parmi ceux que leurs compatriotes ou l'aristocratie intellectuelle de leur pays ont regardés comme de grands poètes, qui doive nous être indifférent. L'admiration est un art qu'il faut apprendre. Beaucoup d'Alle-

mands disent : Racine ne nous plaît pas ; l'Anglais
ne comprend pas Gœthe ; pour le Français, Shakes-
peare n'est qu'un grossier paysan. Que veut-on dire
par là ? Rien ; c'est comme si un enfant disait qu'il
préfère une valse à une symphonie de Beethoven.
L'art est de trouver et de comprendre ce que chaque
nation admire dans ses grands hommes, et celui
qui cherche le beau, reconnaîtra que les Persans
eux-mêmes ne se trompaient pas sur leur Hafiz, ni
les Indiens sur leur Kalidasa. On ne comprend pas
un grand homme en une fois : il y faut de la force,
du courage, de la persévérance, et il est à remar-
quer que ce qui nous frappe au premier abord, ne
nous captive que rarement pour longtemps. »

« Il y a quelque chose cependant, dit-elle en m'ar-
rêtant, qui est commun à tous les grands poètes, à
tous les véritables artistes, à tous les héros de la
terre, qu'ils soient Persans ou Indiens, païens ou
chrétiens, Romans ou Germains, c'est, je ne sais
comment l'exprimer, l'infini qui semble s'ouvrir
derrière eux, une échappée de vue sur l'éternité, ce
je ne sais quoi d'où vient aux moindres actions, à

tout ce qui est périssable, un caractère divin. Gœthe, le grand païen, a connu la douce paix, qui descend du ciel, et quand il dit, en vers harmonieux :

« Par delà tous les sommets, règne le repos ; à la
« cime des grands arbres, on sent à peine une brise
« légère ; les petits oiseaux se taisent dans la forêt :
« attends, bientôt tu te reposeras aussi [1] ! »

ne voit-on pas l'infini s'ouvrir par delà les sommets, la cime des sapins ? Ne pressent-on pas qu'il règne, dans ces régions, un calme que la terre ne peut donner ? Dans Wordsworth, ce fond ne manque jamais, et, disent les railleurs ce qu'ils voudront, le surnaturel seul, quelle que soit son enveloppe, anime, émeut le cœur humain. Qui a mieux compris que Michel-Ange la beauté toute plastique de la forme matérielle ; mais il ne l'a ainsi comprise qu'en voyant en elle le reflet de la beauté céleste. Tu connais son sonnet [2] :

« Un beau visage a le pouvoir de me ravir au ciel (sur terre, il n'en est pas d'autre qui me charme). Je me sens trans-

1. Voir la note J, à la fin du volume.
2. Voir la note K.

porté, vivant, au milieu des élus ; c'est une grâce rarement faite à un mortel.

« L'œuvre répond si bien à son Créateur, que je m'élève jusqu'à lui par de divines pensées, et là je trouve des inspirations et des chants dans mon amour, dans ma passion pour une belle.

« Si je ne sais plus détourner de ses deux beaux yeux mes regards, c'est que je reconnais à leur éclat le chemin qui conduit à Dieu ;

« Et quand le feu de ces yeux m'embrase, dans cette noble ardeur, j'ai un doux pressentiment de la félicité qui règne éternellement au ciel. »

La fatigue la força à s'interrompre ; comment aurais-je songé à troubler ce silence ? Quand après un mutuel échange de pensées, deux cœurs se sentent satisfaits et se taisent, on dit qu'un ange voltige à travers la chambre : je crus entendre, au-dessus de nos têtes, le léger coup d'aile de cet ange de paix et d'amour. Mon regard se reposait sur elle ; son enveloppe corporelle, au demi-jour de ce soir d'été, semblait s'être transfigurée ; sa main que je pris dans les miennes, me rendit seule au sentiment de la réalité. Soudain son visage s'illumina d'une vive clarté : elle le sentit, ouvrit les yeux, et me regarda toute surprise. Ses yeux, que ses paupières à demi closes voilaient à moitié, brillaient d'un éclat ex-

8

traordinaire. Je regardai autour de moi et je m'a-
perçus enfin que la lune, dans toute sa splendeur,
venait de se lever entre deux collines, en face du
château, et qu'elle éclairait d'une douce lumière le
lac et le village. Jamais je n'avais vu si belles la
nature et sa figure charmante, jamais je n'avais res-
senti une impression de calme plus délicieuse : « Maria, lui dis-je, à cette heure bénie, laisse-moi, tel que
je suis, te déclarer mon amour ! En ce moment où
nous sentons si vivement la présence de Dieu, unis-
sons nos cœurs par des liens que rien ne puisse
briser. Quoi que ce soit que l'amour, Maria, je
t'aime et je sens que tu es à moi, comme je suis à
toi ! »

Je m'agenouillai, sans oser la regarder; mes lèvres
pressèrent ses mains que je baisai; mais elle les retira, d'abord avec hésitation, bientôt avec plus de
décision, plus vivement; lorsque je la regardai, son
visage était empreint de tristesse, elle se taisait toujours; enfin elle se leva, et me dit avec un profond
soupir :

« C'est assez pour aujourd'hui. Tu m'as fait souf-

frir; et cependant, c'est ma faute. — Ferme les fenêtres, je sens comme un frisson glacé, comme si
une main étrangère me touchait. — Reste près de
moi..... mais non, retire-toi plutôt ; adieu ! bonne
nuit ? Prie Dieu que sa paix ne nous abandonne
pas. — Nous nous reverrons, n'est-ce pas ? Je t'at-
tendrai demain soir. »

Qu'était devenue, en un instant, ma tranquillité ?
Je la voyais souffrir, et tout ce que je pouvais faire,
c'était de la laisser, d'appeler l'Anglaise et de retourner seul au village. Longtemps encore je me pro-
menai sur les bords du lac, longtemps encore je
laissai mes regards errer vers la fenêtre éclairée de
la chambre où je venais de la quitter. Enfin la dernière lumière s'éteignit au château ; la lune montait
de plus en plus, et toutes les saillies, les balcons, les
sculptures se détachaient peu à peu sur les vieux
murs, dans une illumination magique. Je sentis tout
mon isolement dans cette nuit silencieuse ; il me
sembla que mon cerveau allait me refuser ses ser-
vices : pas une de mes pensées ne s'achevait ; je me
répétais seulement que j'étais seul en ce monde, et

que pas une âme ne se donnerait à moi. La terre m'apparut comme un cercueil, le ciel comme un drap funèbre ; je savais à peine si je vivais encore, ou si je n'étais pas mort depuis longtemps. Je me mis à regarder les étoiles, qui, semblables à des yeux étincelants, poursuivaient paisiblement leur cours : je pensai qu'elles étaient uniquement destinées à éclairer, à consoler les hommes, et je me ressouvins des deux étoiles, si peu espérées, qui s'étaient levées sur mon horizon obscur,.... Alors s'éleva de mon cœur une prière d'actions de grâces, une prière pour l'amour de mon ange.

# DERNIER SOUVENIR

---

Le soleil avait déjà dépassé le sommet des montagnes, et ses rayons pénétraient dans ma chambre, lorsque je m'éveillai. Était-ce bien le même soleil qui la veille au soir nous avait jeté un regard hésitant, comme un ami sur le point de partir, comme s'il eût voulu bénir l'union de nos âmes, et qui avait ensuite disparu comme une espérance perdue? Il brillait maintenant dans tout son éclat, et l'on aurait dit d'un enfant, qui le visage joyeux se précipite dans notre chambre, pour nous souhaiter une bonne fête. Étais-je le même homme qui s'était jeté sur son lit quelques heures auparavant, l'âme

et le corps brisés? Je retrouvais maintenant tout mon
ancien courage, et cette confiance en Dieu, en moi-
même, qui me rafraîchit et me ranime comme l'air
frais du matin. Que seraient devenus les hommes
sans le sommeil? Nous ne savons pas où nous conduit ce messager nocturne, et quand le soir il nous
ferme les yeux, qui nous garantit qu'il nous les ouvrira le matin, qu'il nous rendra à nous-mêmes? Il
fallut du courage et de la foi au premier homme qui
se jeta dans les bras de cet ami inconnu; s'il n'y
avait dans notre nature quelque infirmité, qui dans
tous les cas où nous devons croire, nous pousse à la
foi et à l'abandon, je doute que, malgré sa fatigue,
un homme eût jamais consenti librement à fermer
les yeux, à partir pour le pays inconnu des rêves.
Mais le sentiment de notre faiblesse, de notre misère, nous donne confiance en une puissance supérieure, nous inspire le courage de nous abandonner
au bel ordre de l'univers, et nous nous retrouvons
fortifiés, reposés, si nous brisons, même pour peu
de temps, pendant le sommeil ou dans la veille, les
liens qui rattachent notre moi éternel à notre moi

terrestre. Ce qui m'avait paru obscur la veille, et
comme enveloppé d'un triste brouillard, me parut
clair en un instant. Nous nous appartenions l'un à
l'autre, je le voyais, ou comme le frère à la sœur, ou
comme le père à l'enfant, ou comme le fiancé à la
fiancée. Nous devions rester unis à jamais ; il s'agis-
sait seulement de trouver le vrai nom de ce que, dans
notre langue bégayante, nous appelons l'amour.

Que ne suis-je ton frère aîné, ton père — quelque chose
pour toi [1] !

C'est ce « quelque chose », dont il fallait trouver le
nom, car le monde ne connaît rien sans un nom.
Elle m'avait dit elle-même, qu'elle m'aimait de cet
amour pur et surnaturel où tout autre amour prend
sa source. Sa frayeur, son trouble, lorsque je lui
avais déclaré que moi aussi je l'aimais de tout mon
cœur, voilà ce que je ne pouvais pas m'expliquer
encore aujourd'hui, mais ma foi en notre mutuel
amour n'en était pas ébranlée. Pourquoi chercher à
comprendre tout ce qui se passe dans l'âme humaine,

1. Voir la note L, à la fin du volume.

quand tout, en nous-mêmes, est si difficile à comprendre ? C'est partout l'incompréhensible qui nous
arrête, dans la nature, dans l'homme, dans notre
propre cœur. Les hommes que nous comprenons,
dont les motifs nous sont connus comme les roua-
ges d'une machine, nous laissent froids comme les
personnages de la plupart de nos romans. Rien ne
nous gâte les joies de la vie, comme ce rationalisme
moral qui veut tout expliquer, et nie tout merveil
leux dans notre développement intérieur. Il y a,
dans tous les êtres, quelque chose d'inexplicable que
nous appelons le destin, l'inspiration, le caractère,
et celui qui croit pouvoir analyser les actions et les
agitations perpétuelles des hommes sans tenir
compte de ce reste, ne se connaît pas lui-même, et
ne connaît pas les autres. — Je me consolai donc de
tout ce qui m'avait désespéré la veille, et il me sembla bientôt que pas un nuage n'assombrissait plus
le ciel de l'avenir.

Dans cette disposition, je sortais de l'étroite maison où j'avais passé la nuit, lorsqu'un messager me
remit une lettre. Elle était de la comtesse ; je le re-

connus à la beauté, à la sûreté de l'écriture. Je l'ouvris respirant à peine : j'espérais ce que permettent les plus belles espérances ; mais bientôt toutes mes illusions s'évanouirent. Cette lettre ne contenait que la prière de ne pas aller au château, parce qu'elle attendait des visites. Pas un mot d'amitié, pas un mot sur sa santé ; à la fin même, ce post-scriptum : « Le conseiller viendra demain ; ce sera donc pour après-demain. »

C'étaient donc deux jours déchirés à la fois du livre de ma vie ! si du moins ils avaient été entièrement déchirés ! Mais non, ils restaient suspendus sur ma tête, comme le toit de plomb d'une prison. Il fallait les subir : je ne pouvais pas les donner, comme une aumône, à un roi ou à un mendiant, qui auraient voulu passer deux jours encore, l'un sur son trône, l'autre sur sa pierre, à la porte d'une église ! Je restai un instant, les yeux immobiles, mais je me rappelai ma prière du matin, et comment je m'étais dit que le désespoir était la pire incrédulité, que les plus grandes choses, en ce monde, et les plus petites, font partie d'un plan merveilleux et divin, auquel il faut se rendre, quoi qu'il en coûte.

Comme un cavalier, qui se voit au bord d'un préci-
pice, je ramenai les guides : « Qu'il en soit ainsi,
m'écriai-je, puisqu'il doit en être ainsi ! La terre que
Dieu a faite, n'est pas un lieu où l'on ait le droit
de se plaindre, de se lamenter. » N'était-ce pas un
bonheur déjà que de tenir les lignes qu'elle avait
écrites, et l'espérance de la revoir bientôt n'en était-
elle pas un autre, et plus grand que je ne l'avais mérité ! Tenez seulement la tête toujours au-dessus de
l'eau : c'est le précepte de tous les bons nageurs dans
la vie ; mais quand on ne le peut plus, ne vaut-il
pas mieux se noyer tout d'un coup, que d'enfoncer
peu à peu, la gorge et les yeux pleins d'eau ? D'autre
part, cependant, s'il est difficile de toujours songer,
dans tous les accidents de la vie, à la Providence
divine ; si nous craignons, avec raison peut-être, de
sortir de nos habitudes, en nous mettant, à chaque
combat, en présence de Dieu, la vie devrait nous
apparaître, sinon comme un devoir, du moins
comme un art. Rien n'est plus laid qu'un enfant vo-
lontaire, qui à chaque désagrément, à toute douleur nouvelle, se plaint d'un air maussade ; rien de

plus aimable, au contraire, que l'enfant, dont l'œil recouvre bientôt l'éclat de la joie et de l'innocence, — semblable à cette fleur qui tremble et vacille sous une pluie du printemps, et qui bientôt s'entr'ouvre, exhalant de nouveaux parfums, pendant que le soleil sèche ses larmes sur ses feuilles.

Il me vint alors une bonne inspiration : je trouvai le moyen de passer, en dépit du destin, ces deux jours avec elle. Depuis longtemps, j'avais songé à écrire les chères paroles qu'elle m'avait dites, et mainte belle pensée qu'elle m'avait confiée. Ainsi ces deux jours s'écoulèrent pour moi dans le souvenir des heures charmantes que nous avions passées ensemble, et dans l'espérance d'un avenir encore plus doux : j'étais près d'elle, je vivais en elle, je sentais la présence de son esprit, je jouissais de son amour plus encore que lorsque j'avais tenu sa main dans les miennes.

Que ces feuilles me sont chères aujourd'hui ! Que je les ai lues et relues souvent ! non pas que j'aie oublié une seule de ses paroles, mais ces pages sont les témoins de mon bonheur : je trouve en elles,

comme le regard d'un ami, dont le silence dit plus
plus que toutes les phrases. Souvenir d'un bonheur
passé, souvenir d'une douleur passée, retour silencieux dans un passé lointain, où disparaît tout ce
qui nous entoure et nous intéresse, où l'âme se jette
comme une mère sur la tombe verdoyante de son
enfant, qui sommeille depuis longtemps déjà, là-bas
où aucune espérance, aucun désir ne trouble le
calme d'un abandon sans retour. — Nous appelons
cela mélancolie; mais à cette tristesse se mêle un
certain charme, que connaissent ceux-là seulement
qui ont beaucoup aimé, qui ont souffert beaucoup.
Demandez à une mère ce qu'elle éprouve, lorsque,
en attachant sur la tête de sa fille le voile qu'elle
avait elle-même porté comme fiancée, elle pense à
l'époux qui n'est plus près d'elle. — Demandez à
un homme ce qu'il éprouve, quand une jeune fille,
qu'il avait aimée et que le monde a séparée de lui,
lui renvoie, en mourant, la rose aujourd'hui desséc-
chée que, jeune homme encore, il lui avait donnée.
Ils peuvent pleurer tous les deux ; mais ces larmes
ne sont ni des larmes de douleur, ni des larmes de

joie : ce sont les larmes du sacrifice , par lequel l'homme, dans sa foi en la bonté, en la sagesse de Dieu, s'abandonne à Dieu, et renonce paisiblement à ses plus chères affections.

Mais, revenons au souvenir, revenons à la vivante représentation du passé. Les deux jours s'écoulèrent si vite, que je me pris à trembler en voyant se rapprocher d'heure en heure l'heureux moment de la revoir. Dans la première journée, les voitures, les cavaliers étaient venus de la ville ; la présence de tous ces hôtes avait donné de l'animation au château. Les drapeaux flottaient sur les tours ; dans les cours, on entendait la musique; le lac était sillonné de gondoles joyeuses, et les chants retentissaient sur les vagues. J'écoutais en silence, et je pensais qu'elle écoutait, elle aussi, de sa fenêtre. Le second jour, tout paraissait encore en mouvement ; les hôtes ne se préparèrent au départ que dans l'après-midi. Enfin, sur le soir, je vis la voiture du conseiller qui s'éloigna la dernière. Je ne pus me retenir plus longtemps. Je savais qu'elle était seule, j'étais sûr qu'elle pensait à moi, qu'il lui tardait de me revoir ; devais-je passer encore une nuit, sans même lui serrer la main, sans lui dire que notre séparation touchait à sa fin et que le lendemain nous nous réveillerions pour une nouvelle suite de jours heureux ? Il y avait de la lumière à sa fenêtre; elle devait être seule, pourquoi ne la verrais-je pas, au moins un instant? déjà, j'étais arrivé au château; déjà, j'allais sonner : je m'arrêtai tout à coup : « Non ! pas de faiblesse. Tu rougirais devant elle, comme un voleur de nuit. Demain matin tu iras chez elle, comme un héros qui revient du combat, et pour lequel elle aura préparé la couronne de l'amour, qu'elle posera demain sur ta tête. »

Le matin venu, je courus chez elle, cette fois vraiment chez elle. Ne dites pas de l'esprit, qu'il peut vivre sans corps ! Pleine existence, conscience, bonheur, sont là seulement où l'esprit et le corps sont un : un esprit corporel, un corps spirituel. Il n'y a pas d'esprit sans corps, ou c'est un fantôme; pas de corps sans esprit, ou c'est un cadavre. La fleur sur pied est-elle sans âme? Ne vit-elle pas dans une pensée créatrice, qui la conserve, qui lui donne sa

vie, son développement? C'est là son âme, mais cette
âme de la fleur est muette ; elle se manifeste, dans
l'homme, par la parole. La vie réelle est partout spirituelle à la fois et corporelle; la jouissance réelle est partout à la fois spirituelle et corporelle; l'union véritable est toujours spirituelle et corporelle à la fois.

Tout ce monde des souvenirs, dans lequel j'avais
si heureusement vécu deux jours, s'évanouit
comme une ombre, comme un néant, quand je fus
devant elle, réellement près d'elle. J'aurais pu passer
la main sur son front, sur ses yeux, sur ses joues,
pour me convaincre que c'était bien elle, non plus
l'image qui avait vacillé nuit et jour devant mon esprit, mais un être, qui n'était pas à moi, qui voulait
et qui devait cependant être à moi, un être auquel
je pouvais me fier comme à moi-même, un être
éloigné de moi, et cependant plus proche de moi que
moi-même, un être sans lequel ma vie n'était pas
une vie et sans lequel ma pauvre existence se se rait
perdue, comme un soupir dans l'infini. — Je sentis,
en laissant errer sur elle mes pensées et mes regards,
que mon bonheur en ce moment était complet. —

L'idée de la mort me vint à l'esprit, et je tressaillis ; cependant cette idée n'avait plus rien d'horrible pour moi : au lieu de détruire *cet amour*, la mort ne pouvait que le purifier, l'embellir, le rendre éternel.

Il était doux de se taire auprès d'elle. Toute la profondeur de son âme se réflétait sur son visage, et en le regardant, je devinais ce qui se passait, ce qui vivait en elle. « Tu me fais souffrir, semblait-elle dire sans vouloir l'exprimer. Sommes-nous enfin réunis ? Reste calme, ne te plains pas, — ne demande rien ! — n'aie pas d'inquiétude, sois le bienvenu et ne te plains pas de moi ! » Ses yeux disaient tout cela et cependant nous n'osions pas troubler, en parlant, notre paisible bonheur.

« As-tu reçu une lettre du conseiller ? » dit-elle la première, d'une voix qui tremblait à chaque mot.

« Aucune, » répondis-je. — Elle se tut un moment et reprit : « Peut-être vaut-il mieux qu'il en soit ainsi, et que je te dise tout moi-même. Mon ami, nous nous voyons aujourd'hui pour la dernière fois. Séparons-nous paisiblement, sans plaintes, sans colère. J'ai commis une grande faute, je le sens. Je t'ai pris une part de ta vie, sans songer que souvent la brise la plus légère effeuille une fleur. Je connais si peu le monde ! Je ne pensais pas qu'une pauvre malade pût inspirer un autre sentiment que la pitié. Je t'accueillais en amie, avec sincérité, parce que je te connaissais depuis longtemps, parce que j'étais heureuse de ta présence, et, pourquoi ne pas tout dire ? parce que je t'aimais. Mais le monde ne comprend pas cet amour, et il ne le permet pas. Le conseiller m'a ouvert les yeux : toute la ville parle de nous ; mon frère, le Régent, a écrit au prince pour me faire défendre de te revoir jamais. Je suis désolée de t'avoir causé cette douleur ; dis-moi que tu me pardonnes, et séparons-nous comme deux amis. »

Ses yeux se remplirent de larmes, et elle ferma les yeux pour m'empêcher de voir qu'elle pleurait. — « Maria, lui dis-je, je ne puis vivre qu'avec toi, mais je n'ai aussi qu'une volonté : c'est la tienne. Oui, je te l'avoue, je t'aime avec toute la passion de l'amour ; mais je sens que je ne suis pas digne de toi. Tu es au-dessus de moi par ta noblesse, par ta grandeur et ta pureté, et je puis à peine soutenir la

9

pensée de t'appeler jamais ma femme. Et cependant il n'y a pas d'autre chemin pour achever notre vie ensemble. Maria, tu as toute liberté ; je ne te demande aucun sacrifice ; le monde est grand : si tu le veux, nous ne nous reverrons jamais. Mais, si tu m'aimes, si tu sens que tu m'appartiens, oh ! alors, oublions le monde et ses froids jugements. Je te porte dans mes bras à l'autel, et, à genoux, je te jure d'être à toi, à la vie et à la mort. »

« Mon ami, dit-elle, nous ne devons jamais vouloir l'impossible. Si la volonté de Dieu avait été de nous unir dans cette vie, m'aurait-il envoyé ces souffrances, qui m'empêcheront d'être jamais autre chose qu'une faible enfant ? Ne l'oublie pas, ce que nous appelons destinée, circonstances, relations de la vie, n'est en réalité que l'œuvre de la Providence. Se révolter contre ces obstacles, c'est se révolter contre Dieu même ; ne serait-ce pas enfantin, et, on pourrait le dire, criminel ? Les hommes vont sur la terre, comme les étoiles au ciel. Dieu leur a tracé la voie sur laquelle ils se rencontrent, et, quand ils doivent se séparer, il faut qu'ils se séparent ; — leur résistance serait inutile, ou elle détruirait l'ordre du monde. Nous ne pouvons pas comprendre cet ordre mais nous devons nous y conformer avec soumission. Je ne m'explique pas, moi-même, en quoi mon affection pour toi était un mal. Non ! je ne peux pas, je ne veux pas l'appeler ainsi. Mais cela ne peut pas être, ne doit pas être : il suffit. Mon ami, nous devons nous soumettre avec humilité, avec foi. »

Malgré le calme avec lequel elle me parlait, je voyais trop combien elle souffrait ; je crus cependant que je serais coupable d'abandonner ainsi le combat avec ma vie. Je repris de l'empire sur moi-même, et je fis tous mes efforts pour éviter même un mot passionné, qui eût augmenté ses souffrances.

« Si c'est la dernière fois, lui dis-je, que nous nous rencontrons dans cette vie, voyons clairement du moins, à qui nous faisons ce sacrifice. Si notre amour était contraire à n'importe quelle loi supérieure, je me soumettrais. Ce serait renier Dieu que de s'insurger contre sa volonté suprême. Il semblerait que l'homme peut quelquefois tromper Dieu,

que sa petite prudence peut dérober quelque chose
à la sagesse divine : c'est une folie. L'homme, qui
entreprend ce combat de Titans, est écrasé, anéanti.
Mais quelle loi s'oppose à notre amour ? Aucune ;
il n'y a contre lui que les commérages du monde.
J'estime les lois de la société, je les estime même
dans leurs exagérations et leurs erreurs. Un corps
malade demande des remèdes artificiels, et il serait
impossible, sans la retenue, les égards et ces préjugés de la société dont nous sourions, de contenir
l'humanité, de vivre ensemble en ce monde. Il nous
faut sacrifier beaucoup à ces divinités, et comme
les Athéniens, nous envoyons chaque année un
vaisseau lourdement chargé de jeunes hommes et de
jeunes filles, à ce monstre qui régit le labyrinthe
de notre société. Il n'y a pas de cœur qui n'ait été
brisé, pas d'homme vraiment capable de sentiment
qui n'ait dû renoncer à l'enthousiasme de l'amour,
avant de subir docilement les liens que la société
nous impose. Il doit en être ainsi, il est impossible
qu'il en soit autrement. Tu ne connais pas le monde ;
mais, pour ne te parler que de mes amis, je pourrais

te rapporter des volumes entiers de tragédies. L'un aimait une jeune fille, et il était payé de retour ; mais il était pauvre, elle était riche. Les parents et les cousins grondèrent, raillèrent, et deux cœurs furent brisés ; pourquoi ? parce que c'est un malheur, dans le monde, qu'une femme porte une robe faite du coton que produit un arbuste d'Amérique, et non des fils que secrète un ver de Chine. Un autre aimait une jeune fille, et il en était aimé ; mais il était protestant, elle était catholique. Les mères, les prêtres troublèrent leur paisible projet, et deux cœurs furent brisés : pourquoi ? à cause de cette partie d'échecs politique que Charles-Quint, François I$^{er}$ et Henri VIII ont jouée il y a trois siècles. Un troisième aimait une jeune fille qui l'aimait ; il était noble, elle était roturière. Les sœurs crièrent, babillèrent, et ces deux cœurs furent brisés, parce qu'il y a cent ans, un soldat en tuait un autre qui voulait attenter à la vie du roi : il reçut en récompense des titres, des honneurs, et son arrière-petit-fils paie, d'une vie manquée, le sang versé autrefois. D'après les calculs de la statistique, un cœur est ainsi brisé toutes les heures, et je le crois; pourquoi tant de malheurs? presque toujours, parce que le monde ne permet pas l'amour entre personnes étrangères, et le souffre seulement entre époux et épouses. Si deux hommes aiment la même jeune fille, l'un des deux doit céder; mais pourquoi donc? Ne peut-on pas aimer une fille sans vouloir l'épouser, aimer une femme sans la désirer? — Tu fermes les yeux et je m'aperçois que j'en ai trop dit. — Le monde a rendu vulgaire ce qu'il y a de plus solennel dans la vie; mais c'est assez, Maria; parlons la langue du monde, quand nous avons affaire à lui, mais conservons à l'amour son caractère sacré, quand nous pouvons parler à cœur ouvert le langage du cœur, sans nous soucier des bruits du monde. Le monde lui-même honore ce recueillement, cette courageuse résistance que de nobles cœurs opposent, dans la conscience de leurs droits, à la marche ordinaire des choses. Les égards, les convenances, les préjugés du monde sont comme une plante grimpante; il est beau de voir un lierre vigoureux orner de ses mille pampres et de ses mille rameaux un mur solide; mais cette plante parasite ne doit pas l'emporter sur nous ; autrement, elle entre par toutes les fissures, elle disjoint et désunit tout ce qui fait la force de notre vie intérieure. — Donne-toi à moi, Maria ; suis les impulsions de ton cœur. Le mot qui est déjà sur tes lèvres, va décider pour jamais de ta vie et de la mienne, de ton bonheur et du mien. »

Je me tus. Sa main, que je tenais dans les miennes, répondait à la chaleur de son cœur. Elle s'émut ; ses sentiments s'agitaient tumultueusement en elle, et jamais le ciel ne me parut plus beau qu'en ce moment où la tempête, l'un après l'autre, dissipait les nuages.

« Et pourquoi m'aimes-tu ? » dit-elle lentement, comme pour éloigner encore le moment d'une réponse décisive.

« Pourquoi ? Maria ; demande à l'enfant pourquoi il est né, à la fleur pourquoi elle s'épanouit, au soleil pourquoi il nous éclaire. Mais s'il faut te dire plus encore, fais parler, à ma place, ce livre, qui est près de toi, et que tu aimes :

« Ce qu'il y a de meilleur, doit être aussi le plus

« aimé, et dans cet amour, on ne doit considérer ni
« avantages, ni désavantages, ni intérêt, ni dommage,
« ni profit, ni perte, ni honneur, ni déshonneur, ni
« louange, ni blâme, ni rien de semblable ; mais ce
« qui est, en vérité, le plus noble et le meilleur, doit
« être aussi le plus aimé, et pour cette seule raison
« que c'est le plus noble et le meilleur. D'après cela,
« l'homme doit régler sa vie au dedans et au dehors.
« Au dehors, parmi les créatures, l'une est meilleure
« que l'autre, selon que le bien éternel brille et se ma-
« nifeste plus vivement dans l'une que dans l'autre ;
« celle en qui le bien éternel brille, agit, est manifesté
« et aime le plus, est aussi la meilleure des créatures ;
« celle, en qui le bien éternel se reflète le moins, est
« aussi la moins bonne. L'homme vit au milieu des
« créatures, et fait parmi elles cette distinction : la
« meilleure des créatures doit lui être la plus chère,
« et il doit avec empressement, s'attacher, s'unir à
« elle [1]... » Tu es la meilleure des créatures que je
connaisse, Maria, et voilà pourquoi je t'aime, pour-

1. Voyez la note M, à la fin du volume

quoi tu m'es chère, — pourquoi nous nous aimons.
Prononce le mot, qui est prêt à t'échapper ; dis-moi
que tu es à moi, ne mens pas à tes plus intimes sentiments. Dieu t'a donné une vie souffrante, il m'envoie pour souffrir avec toi. Ta douleur sera la mienne,
et nous la porterons ensemble, comme un vaisseau
porte les voiles, qui le conduisent, à travers les tempêtes, jusqu'au port assuré. »

Elle devint plus calme ; une rougeur légère, semblable à celle d'une soirée paisible, colora ses joues.
Elle ouvrit tout-à-fait les yeux, — le soleil brilla,
encore une fois, d'un merveilleux éclat.

« Je t'appartiens, dit-elle ; Dieu le veut. — Prends-
moi telle que je suis ; aussi longtemps que je vivrai,
je serai à toi. — Que Dieu nous unisse ensuite, dans
une vie meilleure, et qu'il te récompense de ton
amour ! »

Nous nous tenions embrassés ; mes lèvres fer-
maient d'un doux baiser ses lèvres, qui venaient
de répandre leur bénédiction sur ma vie. Le temps
s'arrêta pour nous ; le monde, autour de nous, avait
disparu. — Un profond soupir s'échappa de sa poi-

trine : « Que Dieu me pardonne cette félicité ! mur-
mura-t-elle. — Maintenant, laisse-moi seule ; je
n'ai plus assez de forces. — Au revoir, mon ami,
mon bien-aimé, mon sauveur ! »

———

C'étaient les derniers mots qu'elle devait m'adresser. Je me trompe... — Je rentrai chez moi ; mon
sommeil fut agité de rêves inquiets. Minuit passé, le
docteur entra dans ma chambre : « Notre ange est
au ciel, dit-il ; voici le dernier adieu qu'elle t'envoie. » Il me remit une lettre ; elle contenait la bague qu'elle m'avait donnée un jour et que je lui
avais rendue, avec cette devise : A la volonté de
Dieu. Cette bague était pliée dans un morceau de
papier vieilli, sur lequel elle avait écrit la phrase
que je lui avais dite, encore enfant : « ce qui est à
toi, est aussi à moi. Ta Maria. »

Nous restâmes ensemble pendant de longues
heures, sans dire un mot. C'était cette défaillance

d'esprit que le ciel nous envoie, quand le poids de la douleur est trop grand pour nos forces. Enfin le vieillard se leva, me prit la main et me dit : « Nous nous voyons aujourd'hui pour la dernière fois. Il faut que tu t'éloignes, et mes jours sont comptés. Je veux cependant te confier un secret que j'ai gardé toute ma vie, que je n'ai encore révélé à personne. J'ai besoin de le dire à quelqu'un. L'âme qui vient de nous quitter était une belle âme, un esprit excellent, un cœur pur, profond et fidèle. J'ai connu une âme aussi belle, plus belle encore. — C'était sa mère. — J'aimais sa mère et sa mère m'aimait. Nous étions pauvres tous les deux, et je luttais avec les difficultés de la vie, pour nous assurer à elle et à moi une condition honorable. Le jeune prince vit ma fiancée, et il s'en éprit. Il était mon prince, il l'aimait d'un amour sincère, il était disposé à faire pour elle tous les sacrifices, à élever cette pauvre orpheline au rang de princesse ; je l'aimais tant que je renonçai à elle, par amour pour elle ; je quittai le pays, et je lui écrivis que je lui rendais sa parole. Je ne l'ai jamais revue qu'à son lit de mort : elle mourut en donnant le jour à sa première fille. — Tu sais, à présent, pourquoi j'aimais ta Maria, et pourquoi j'ai soutenu, jour par jour, sa frêle existence : elle était le seul être qui pût me rattacher encore à cette vie. Supporte le malheur, comme je l'ai supporté ; ne perds pas un seul jour en regrets inutiles. Aide les hommes, quand tu le pourras, aime-les, et remercie Dieu d'avoir vu, connu, aimé et perdu sur la terre un cœur comme le sien. »

« A la volonté de Dieu ! » lui répondis-je, et nous nous quittâmes pour toute la vie.

———

Des jours, des semaines, des mois et des années se sont écoulés. — Ma patrie est devenue pour moi une terre étrangère, et la terre étrangère est devenue ma patrie. Mais son amour m'est resté, et comme une larme tombe dans la mer, mon amour pour elle est tombé dans la mer vivante de l'humanité, et il embrasse ces millions « d'étrangers », que j'ai tant aimés, depuis mon enfance.

Seulement, par les calmes journées d'été, comme aujourd'hui, où l'on se laisse aller au cœur de la nature, dans la forêt, alors qu'on ne sait plus s'il y a encore quelque part des hommes, ou si l'on reste seul, tout seul sur la terre, il se produit un mouvement dans le cimetière des souvenirs : les pensées mortes se relèvent, toute la force de l'amour revient au cœur et le reporte vers ce bel être qui, debout devant moi, me regarde de ses yeux profonds, insondables ; alors il semble que l'amour pour des millions d'êtres, disparaissant, fait place à mon amour pour un seul — pour mon bon ange — et mon esprit s'abîme devant l'énigme impénétrable de l'amour à la fois fini et infini.

FIN.

# APPENDICE

———

Note A. Page 46.

Denn was an allen Orten
Als ewig sich erweist,
Das ist in gebundenen Worten,
Ein ungebundener Geist.

PLATEN.

———

Note B. Page 64.

Was nu ûs geflossen ist, das ist nicht wâr wesen, und hât
kein wesen anders dan in dem volkomen, sunder es ist ein
zufal oder ein glast und ein schîn, der nicht wesen ist oder
nicht wesen hât anders, dan in dem fewer, dâ der glast ûs
flûsset, als in der sunnen oder in einem liechte.

Théologie allemande.

———

### Note C. Page 64.

Welch mensche und welche créatûr begert zu erfaren und zu wissen den heimlichen rât und willen gottes, der begert nicht anders denne als Adam tet und der bôse geist.

Théologie allemande.

---

### Note D. Page 65.

Wir beten : « Es gescheh'mein Herr und Gott dein Wille, »
Und sieh', Er hat nicht Will', er ist ein' ew'ge Stille.

Angelus Silesius (Jean Scheffler).

---

### Note E. Page 66.

Ruh'ist das höchste Gut, und wäre Gott nicht Ruh',
Ich schlösse vor ihm selbst mein'Augen beide zu.

---

### Note F. Page 68.

Und wâ die voreinunge geschicht in der wâhrheit und wesenlich wirt, dâ stêt vorbass der inner mensche in der einung unbeweglich und got lêst den ûssern menschen her und dar

bewegt werden von diesem zu dem. Das müss und sol sîn und
geschehen, dass der üsser mensche spricht und es ouch in der
wârheit alsô ist, «ich wil weder sîn noch nit sîn, weder leben
oder sterben, wissen oder nicht wissen, tûn oder lâssen,
und alles das disem glîch ist, sunder alles, das dâ müss und
sol sîn und geschehen, dâ bin ich bereit und gehorsam zu,
es sî in lîdender wîse oder in tûender wîse. » Und alsoe hât
der üsser mensch kein warumbe oder gesûch, sunder alleine
dem êwigen willen genûk zu sîn. Wan das wirt bekannt in
der wârheit, das der inner mensche stên sol unbeweglich
und der üsser mensch müss und sol bewegt werden, und hât
der inner mensch in sîner beweglikeit ein warumb, das ist
anders nichts dann ein müss- und sol-sîn, geordnet von dem
êwigen willen. Und wâ got selber der mensch wêre oder ist,
dâ ist es alsô. Das merket man wol in Kristô. Ouch wâ das
in götlîchem und ûs götlîchem liechte ist, dâ ist nit geistlîche
hôchfart noch unachtsame friheit oder frîe gemût, und alle
ordenligkeit und redeligkeit, glîcheit und wârheit, frîde und
genûgsamkeit, und alles das, das allen tugenden zu gehôrt,
das müss dâ sîn. Wâ es anders ist, dâ ist im nit recht, als
vor gesprochen ist. Wan recht als dises oder das zu diser
einung nit gehelfen oder gedienen kan, alsô ist ouch nichtes,
das es geirren oder gehindern mag, denn alleine der mensch
mit sînem eigen willen, der tût im disen grôssen schaden.
Das sol man wissen.

---

## Note G. Page 71.

## THE BURIED LIFE.

Light flows our war of mocking words, and yet,
Behold, with tears my eyes are wet.
Y feel a nameless sadness o'er me roll.

10

Yes, yes, we know that we can jest,
We know, we know that we can smile;
But there's a something in this breast
To wich thy light words bring no rest,
And thy gay smiles no anodyne.
  Give me thy hand, and hush awhile,
And turn those limpid eyes on mine,
And let me read there, love, thy inmost soul.
  Alas, is even Love too weak
To unlock the heart, and let it speak?
An even lovers powerless to reveal
To one another what indeed they feel?
I knew the mass of men conceal'd
Their thoughts, for fear that if reveal'd
They would by other men be met
With blank indifference, or with blame reprov'd :
I knew they lived and mov'd
Trick'd in disguises, alien to the rest
Of men, and alien to themselves — and yet
The same heart beats in every human breast.
  But we, my love — does a like spell benumb
Our hearts — our voices? — must we too be dumb?
  Ah, well for us, if even we,
Even for a moment, can yet free
Our heart, and have our lips unchain'd :
For that which seals them hath been deep ordain'd.
  Fate, which foresaw
How frivolous a baby man would be,
By what distractions he would be possess'd,
How he would pour himself in every strife,
And well-nigh change his own identity;
That it might keep from his capricious play
His genuine self, and force him to obey,
Even in his own despite, his being's law
Bode through the deep recesses of our breast
The unregarded River of our Life
Pursue with indiscernible flow its way;

And that we should not see
The buried stream, and seem to be
Eddying about in blind uncertainty,
Though driving on with it eternally,
   But often, in the world's most crowded streets,
But often, in the din of strife,
There rises an unspeakable desire
After the knowledge of our buried life,
A thirst to spend our fire and restless force
In tracking out our true, original course;
A longing to inquire
Into the mystery of this heart that beats
So wild, so deep in us, to know
Whence our thoughts come and where they go.
And many a man in his own breast then delves,
But deep enough, alas, none ever mines :
And we have been on many thousand lines,
And we have shown on each talent and power,
But hardly have we, for one little hour,
Been on our own line, have we been ourselves;
Hardly had skill to utter one of all
The nameless feelings that course through our breast,
But they course on for ever unexpress'd.
And long we try in vain to speak and act
Our hidden self, and what we say and do
Is eloquent, is well — but 'tis not true :
   And then we will no more be rack'd
With inward striving, and demand
Of all the thousand nothings of the hour
Their stupifying power;
Ah yes, and they benumb us at our call :
Yet still, from time to time, vague and forlorn,
From the soul's subterranean depth upborne
As from an infinitely distant land,
Come airs, and floating echoes and convey
A melancholy into all our day.
     Only — but this is rare —

When a beloved hand is laid in ours,
When, jaded with the rush and glare
Of the interminable hours,
Our eyes can in another's eyes read clear,
When our world-deafen'd ear
Is by the tones of a lov'd voice caress'd, —
  A bolt is shot back somewhere in our breast
And a lost pulse of feeling stirs again :
The eye sinks inward, and the heart lies plain,
And what we mean, we say, and what we would, we know.
A man becomes aware of his life's flow,
And hears its winding murmur, and he sees
The meadows where it glides, the sun, the breeze.
  And there arrives a lull in the hot race
Wherein he doth for ever chase
That flying and elusive shadow, Rest.
An air of coolness plays upon his face,
And an unwonted calm pervades his breast.
  And then he thinks he knows
The Hills where his life rose,
And the Sea where it goes — — —

ARNOLD.

---

NOTE H. Page 103.

Sweet Highland Girl, a very shower
Of beauty is thy earthly dower !
Twice seven consenting years have shed
Their utmost bounty on thy head :
And these grey rocks ; that household lawn ;
Those trees, a veil just half withdrawn ;
This fall of water that doth make
A murmur near the silent lake ;

This little bay; a quiet road
That holds in shelter thy Abode —
In truth together do ye seem
Like some thing fashioned in a dream;
Such Forms as from their covert peep
When earthly cares are laid asleep!
But, O fair Creature! in the light
Of common day, so heavenly bright,
I bless Thee, Vision as thou art,
I bless thee with a human heart;
God shield thee to thy latest years!
Thee neither know I, nor thy peers;
And yet my eyes are filled with tears.

   With earnest feeling I shall pray
For thee when I am for away:
For never saw I mien, or face,
In which more plainly I could trace
Benignity and home-bred sense
Ripening in perfect innocence.
Here scattered, like a random seed,
Remote from men, Thou dost not need
The embarrassed look of shy distress,
And maidenly shamefacedness:
Thou wear'st upon thy forehead clear
The freedom of a Mountaineer:
A face with gladness overspread!
Soft smiles, by human kindness bred!
And seemliness complete, that sways
Thy courtesies, about thee plays;
Whith no restraint, but such as springs
From quick and eager visitings
Of thoughts that lie beyond the reach
Of thy few words of English speech:
A bondage sweetly brooked, a strife
That gives thy gestures grace and life!
So have I, not unmoved in mind,
Seen birds of tempest-loving kind —

Thus beating up against the wind.
  What hand but would a garland cull
For thee wo art so beautiful?
O happy pleasure! here to dwell
Beside thee in some heathy dell;
Adopt your homely ways, and dress,
A Shepherd, thou a Shepherdess!
But I could frame a wish for thee
More like a grave reality :
Thou art to me but as a wave
Of the wild sea; and I would have
Some claim upon thee, if I could,
Though but of common neighbourhood.
What joy to hear thee, and to see!
Thy elder Brother I would be,
Thy Father — anything to thee!
  Now thanks to Heaven! that of its grace
Hath led me to this lonely place
Joy have I had; and going hence
I bear away my recompence.
In spots like these it is we price
Our Memory, feel that she hath eyes :
Then, why should I be loth to stir?
I feel this place was made for her,
To give new pleasure like the past,
Continued long as life shall last.
Nor am I loth, though pleased at heart,
Sweet Highland Girl! from thee topart;
For I, methinks, till I grow old,
As fair before me shall behold,
As I do now, the cabin small,
The lake, the bay, the waterfall,
And Thee, the Spirit of them all!

WORDSWORTH.

Note I. Page 107.

From heaven if this belief be sent,
If such be nature's holy plan,
Have I not reason to lament
What man has made of man!

---

Note J. Page 112.

Ueber allen Gipfeln
Ist Ruh';
In allen Wipfeln
Spürest du
Raum einen Hauch;
Die Vögelein schweigen im Walde.
Warte nur, balde
Ruhest du auch!

GŒTHE.

---

Note K. Page 112.

La forza d'un bel volto al ciel mi sprona
(Ch'altro in terra non è che mi diletti).
E vivo ascendo tra gli spirti eletti;
Grazia ch'ad uom mortal raro si dona.
Sì ben col suo Fattor l'opra consuona,
Ch'a lui mi levo per divin concetti;

E quivi informo i pensier tutti e i detti,
  Ardendo, amando per gentil persona.
Onde, se mai da due begli occhi il guardo
  Torcer non so, conosco in lor la luce
  Che mi mostra la via, ch'a Dio mi guide';
E se nel lume loro acceso io ardo,
  Nel nobil foco mio dolce riluce
  La gioia che nel cielo eterna ride.

MICHEL-ANGE.

---

### NOTE L. Page 119.

Thy elder Brother I would be,
Thy Father — anything to thee !

WORDSWORTH.

---

### NOTE M. Page 136.

Das beste solte das liebste sîn, und in diser liebe sollte nicht angesehen werden nutz und unnutz, fromen oder schaden, gewin oder vorlust, êre oder unêre, lob oder unlob oder diser keins, sunder was in der wârheit das edelste und das aller beste ist, das solt auch das allerliebste sîn, und umb nichts anders dan allein umb das, das es das edelst und das beste ist. Hie nâch mocht ein mensche sîn leben gerîchten von ûssen und von innen. Von ûssen : wan under den crêa tûren ist eins besser dan das ander, dar nâch dan das êwig gût in einem mêr oder minner schînet und wurket dan in dem andern. In welchem nun das êwig gût aller

meist schinet, lüchtet, wurket und bekant und geliebet
wirt, das ist ouch das beste under den creatüren; und in
welchem dis minst ist, das ist ouch das aller minst güt. Sô
nu der mensche die creatür handelt und dâ mit umb gêt, und
disen underscheit bekennet, sô sol im ie die beste creatûr die
liebste sîn und sol sich mit flis zu ir halden und sich dâ mit
voreinigen.....

Théol. allemande.

FIN

Coulommiers. — Typ. A. MOUSSIN

www.ingramcontent.com/pod-product-compliance
Lightning Source LLC
Chambersburg PA
CBHW051139260626
47170CB00005B/1889